U0134412

9個少女的宿舍

9irls 1

孤泣 著

known as avarice, cupidity, or covetous-
a sin of desire. However, greed (as seen
artificial, rapacious desire and pursuit
Aquinas wrote, "Greed is a sin
sins, in as much as man condemns
temporal things."
as avarice, cupidity, or covetous
of desire. However, greed as
rapacious

reed
ed (Latin: avaritia), also kn
ss, is, like lust and gluttony
the Church) is applied to an
f material possessions. Thom
against God, just as all mort
things eternal for the sake o
the penitents are bound and
concentrated excessively on
9個少女的宿舍
Greed
(Latin: avaritia), al
like l and glutt
d to a
Thom

碟仙遊戲
Chapter #4
Angel Board
151
計中計
Chapter #5
Plan
195
拆局
Chapter #6
Explanation
251

1 Peter 5:2
Be shepherds of God's ock that is
und your care, watching over
them—not because mus, but
because you are willing, as God
wants you to be; not pursuing
dishonest gain, but eager to serve

《智度論》卷三十一

有利益我者生貪慾，違逆我者而生嗔恚，
此結使不從智生，從狂惑生，
是故名爲痴，三毒爲一切煩惱根本。

序章 Prologue

Prologue #1

序章1

女性朋友A在背後跟我說女性朋友B的壞話。

女性朋友B又在暗地裡跟我說女性朋友A的壞話。

口是心非、佛口蛇心、矯揉造作、是非精、蜘蛛精、發姣、臭……

然後，某天我們相約出來一起吃飯，她們兩個人手翻手有說有笑的聊過不亦樂乎，姊妹感情好得羨煞旁人。

我還以爲自己有幻覺，或是我之前聽她們說的壞話其實是幻聽？

沒錯，世界上有一半人口是「這類人」，而這類人有一個統一的稱呼……

「女人」。

世界上最吸引的生物。

同時，是世界上最複雜的生物。

根據心理學學家(Anne Campbell)的研究報告，由於女性生殖系統擁有珍貴的「懷孕能

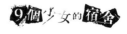

Storage Conditions:
Store at 20° to 25°C
(68° to 77°F)
See USP Controlled Room Temperature.

力」，所以女性在心理上都會比男性更保護自己，確保自身的存活率，以提升繁殖率和後代的存活率。

從生物學的角度來看，女人之間的明爭暗鬥，最終目的是爲了吸引「優良」的異性，跟男人的狩獵心態是一樣的。男性爲了讓自己更有魅力，養活和保護自己的家庭，才會殺死競爭對手。

如果你問，爲什麼男人都是色情、意淫、風流，甚至是下流的？

這是人類進化論 (Evolution) 的結果。

我來問你一個問題。

人類不斷繁衍後代，由遠古時代開始，是比較色情、意淫、風流、下流的男人會比較多下一代？還是正直的男人較多後代？

同樣的道理，是比較保守、守身如玉、不懂心計、沒有心機的女人會較多後代？還是懂得運用身體本錢的女人會有較多後代？

我們在不斷進化，汰弱留強中演化成現今的「人類」。

擁有「本性」的人類。

或者，上帝選擇了由女性十月懷胎來生育下一代，必定有祂的原因。

從歷史角度來看，大多征服世界的人物都是男性，不過，能夠生下這些偉人的，就只會是我們眼中那些口是心非、佛口蛇心、矯揉造作的……

「女人」。

她們才是征服世界的「源頭」。

宿舍大廳中。

「現在，來到最後的『不記名投票遊戲』。」戴著鬼修女頭套的主持人說：「決定誰可以留下來。」

在大廳中的四個女生，沒有人回答她，她們只看著大廳中央，放棄的……

一具屍體。

一具全身上下都出現水泡與血絲，外表非常噁心的屍體。誰也沒想到，她曾經是一個非常漂亮，有很多男生喜歡的美人。

Storage Conditions:
Store at 20° to 25°C
(68° to 77°F)
See USP Controlled Room Temperature

她張大了嘴巴，一顆眼球快要掉下來，加上滿臉的水泡，死狀非常恐怖，多看半秒都讓人想吐。

「現在，妳們寫下一個妳認爲在這裡最討厭的女生名字，然後掉入箱子中，得票最多的女生，將會得到『繼續入住』的資格。」主持人奸笑：「提醒妳們，不是妳最討厭，而是妳認爲大多數人覺得最討厭。」

其中一個在場的女生舉手：「如果……如果是同票數呢？」

她看著在場的另外三個女生。

「很好的問題。」主持人非常高興：「如果是相同的票數，最多票數的『衆數人』，可以繼續住下來。」

她們四人互相對望，心中各懷鬼胎。

現在只有四個女生，有五個情況可能會出現：

一、全票通過，在場最討厭的一位女生留在宿舍；

二、三對一，最多人投票的女生獨自留下來；

三、二對一對一，也是最多人投票的女生獨自留下來；

四、二對二，兩個女生留下；

五、四人各得一票，四個女生留下。

「我不想留下來！別要寫我的名字！」曲髮的女生歇斯底里地大叫：「求求妳們，別要寫下我的名字！」

「我還沒說完呢。」主持人說：「還有其他的情況，不能讓其他人看到妳寫下的名字，如被看到或給別人看，當是『作弊』。還有，如果有人沒有寫下名字，又或是寫下不在現場的人名字，只要有一張『白票』，也當是投票作弊，妳們四個人的下場……」

她指著中央那具屍體。

她們四人再次互相對望。

「妳們有五分鐘討論時間，現在開始。」

遊戲的名稱叫「不記名投票遊戲」，不過，現在又讓她們討論，主持人根本就是一早安排好的。

在她們四個女生中，其中那個曲髮女生，是四人中公認最討厭的一位，不過，當她知道其他三人都會投給自己時，她會選擇……「投白票」。

投白票代表四個女生都會變成「屍體」。

她寧願一起去死。

當然，另外三人也明白這個情況。

「現在我們怎樣好？」

Storage Conditions
Store at 20° to 25°C
(68° to 77°F)
See USP Controlled Room Temperature

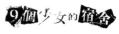

「這樣吧。」另一個戴著棒球帽的女生說：「我們自己投自己，四個人一起留下來也總好過……痛苦地死去！」

其他三人看著她。

「但我們怎知道其他人會投給自己？我們沒法知道其他人是投了給誰！」

「我不想再次被背叛了！我不想！我不想！」

「如果妳們寫我！我一定會投白票！我們一起去死吧！」

她們四人互不信任，根本沒有得到共識。

在現實的世界，誰不是爲了自己？

什麼好朋友？好姊妹？好閨密？在利益與生死存亡之時，誰還會相信這些「朋友」的代名詞？

「好了！」

此時，戴著棒球帽的女生大聲地叫停眾人。

「妳們全部人投我！我留下來吧！」她說。

《有時就是因爲信任，成爲了被出賣的人。》

Prologue #2

序章 2

「但……」

「別吵了！妳們也不相信大家會投自己，那我一個人留下來吧！總好過有人投白票，然後我們四個人一起死去！」棒球帽女生指著那具屍體。

「就這樣決定吧！嘻嘻！」曲髮女生高興地說：「對不起了！我眞的不想再留在這個鬼地方！」

「沒時間了，我先去投票。」

那個叫大家投自己的女生走到了投票箱前，然後寫下名字，把票投入票箱內。

很快，她已經回到中央的位置：「妳們也快投吧！」

「知……知道！」另一個四眼女生說。

四眼女生也立即去投票，然後是第三位、第四位。

很快，她們四人已經投票完畢，主持人走到她們的面前。

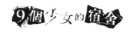

Storage Conditions:
Store at 20° to 25°C
(68° to 77°F)
[See USP Controlled Room Temperature]

「比我想像中更快呢？好吧，現在我們來開票，看看有誰可以留在這間快樂的宿舍之內！」主持人說。

她在投票箱抽出紙張，讀出了棒球帽女生的名字。

「別忘記……」棒球帽女生跟身邊的四眼女生輕聲地說：「我救了妳。」

四眼女生用力地點頭。

主持人再抽出紙張讀出，又是棒球帽女生的名字。

「爲什麼……妳會知道？」四眼女生在棒球帽女生的耳邊問。

「嘻。」棒球帽女生沒有回答，只是輕輕一笑。

主持人讀出了第三個名字，卻跟之前的不同，是四眼女生的名字！

「爲……爲什麼會這樣？！」另外的女生很意外。

主持人讀出最後一個名字，又是四眼女生的名字！

即是二對二，被讀出名字的棒球帽女生與四眼女生，兩個女生可以留在宿舍！

「不是說好只投給她嗎？爲什麼會有兩個人？」曲髮女生問。

「去妳的，妳……眞的很討厭。」棒球帽女生的態度一百八十度轉變：「一直都覺得妳他媽的討厭！」

「好了，現在沒有被投討厭票的人，可以離開宿舍！」主持人說：「謝謝妳們在這段時間，入住我們的女子宿舍。」

曲髮女生沾沾自喜地說：「現在留下的人是妳，妳覺得我討厭又如何？哈！我們快走吧！」

「知道！」

另一個矮小的女生，用一個可憐的眼神看著要留下來的兩個人。

這是一個什麼的眼神？

可憐她們？

希望她們也可以離開？

既然這麼可憐她們，那不如留下來陪她們吧，好不好？

當然，如果叫矮小女生留下來，她絕對會……「拒絕」。

什麼站在同一方？什麼友情？通通都是狗屁。

這個可憐的眼神，真正的意思是……

「**僞善**」。

四個女生，有兩個離開，大廳只餘下三個人，還有一具屍體。

Storage Conditions:
Store at 20° to 25°C
(68° to 77°F)
See USP Controlled Room Temperature.

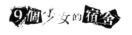

「好吧，妳們可以回到自己的房間等候。」主持人奸笑說：「恭喜妳們可以……『留下來』。」

爲什麼本來全票投給棒球帽女生，現在變成了四眼女生也要留下？

很簡單，由投票開始，已經是一場「計劃」。

曲髮女生與矮小女生是投票給「棒球帽女生」，而四眼女生與棒球帽女生卻投給了「四眼女生」，所以，她們兩人留下來。

在投票開始之前，棒球帽女生已經決定了留下來，而且她想「拯救」其中一人，她選擇了最相信她的四眼女生。

棒球帽女生知道，曲髮女生根本不會讓其他人投她，甚至會選擇「一起去死」，所以，棒球帽女生決定了演一場「妳們都投給我吧」的戲，讓曲髮女生與矮小女生投給自己，然後，她跟四眼女生卻一早協定，投給四眼女生。

完成她們的計劃。

最後，出現了二對二的結果。

她們兩人可以留下來。

「其實……其實留下來眞的比較好嗎？」四眼女生問。

「妳說呢？」棒球帽女生笑說：「她說給她們離開，妳知道是什麼意思？」

四眼女生搖頭。

「嘿，是……**離開這個世界**。」她看著戴著鬼修女頭套的主持人：「我們走吧。」

「離開這個……世界？」四眼女生整個人嚇僵了：「為什麼妳會知道？」

棒球帽女生愉快地回頭，然後露出一個讓人心寒的微笑：「嘻，因為我已經不是……第一次參加了！」

四眼女生呆了一樣看著她，一直跟她相處，從來也不知道棒球帽女生一早已經入住過這所宿舍。

就像是現實世界一樣……

妳身邊稱呼為「好朋友」的朋友，妳又會知道她多少的過去？

在這個互相欺騙與隱瞞的世界……

「關係」兩個字，有幾多是眞的？

又有幾多是假的？

我們從來也不知道。

……

……

Storage Conditions
Store at 20° to 25°C
(68° to 77°F)
See USP Controlled Room Temperature

一星期後。

網上出現了一宗新聞報導。

「兩名少女懷疑吸食過量毒品，意外從天台墮下，下方正好是大廈棚架……」

兩名少女的死狀非常恐怖，相片很快已經被社交網站刪除。不過，有很多人已經做了備份，相片依然在各大專頁與討論區瘋傳。

其中一位女生，竹枝從後頸插入，再從嘴巴而出，她的舌頭被割斷，掛在尖銳的竹頭之上。雙眼張得很大，一直看著天空……死不瞑目地看著天空。

而另一位女生的身體被三枝竹枝貫穿，其中一枝由下陰直插入背脊之中，她的眼球也因爲衝力過大，掉了出來。

她們的死狀已經讓人反胃，不過，網民卻不斷地瘋傳相片，一點也不尊重死去的人。我們人類，就是生活在這個爲了「讚好」、爲了「話題」，而利用別人恐怖的死相去吸引更多人留意的社會中。

我們就是「**最有人性卻沒有人性的生物**」。

這兩個少女……

就是離開宿舍的兩位……

她們離開宿舍，同時……「離開了世界」。

她們的死，眞的是……意外？

還是……

……

：

·

歡迎蒞臨「今貝女子宿舍」。

《九個少女的宿舍》正式……

「入宿」。

《你無法去估計，人性有多虛僞。》

Storage Conditions:
Store at 20° to 25°C
(68° to 77°F)
See USP Controlled Room Temperature

Pharmaceutical Sickdom
00 — XX IVO
Fentanyl Transdermal

入宿

Chapter #1

Check In

Chapter #1 - Check In #1

入宿1

大生財務公司。

「趙靜香小姐，我們會受理妳的貸款申請，這次是特快批核，所以妳只需要在會客室等一會就好了。」財務公司職員說。

「好的。」趙靜香帶點尷尬地說。

「不過，趙小姐我想多問一句。」職員說：「妳說妳在私家醫院工作，但妳的入息好像少了一點。」

「這樣會比較難借到錢嗎？」趙靜香緊張地問。

「不不不，不是！我只覺得有點奇怪而已，不會對批核有任何影響。」職員搖頭說：「謝謝妳，請妳到會客室多等一會。」

一個人要到財務公司借錢，大概也不會過著什麼愉快的生活。財務公司的存在，說得好聽的就是幫助你解決燃眉之急，廣告都會用大量「兄弟」、「朋友」、「幫到你」等字眼去詮釋「借錢」，而實質就是爲了賺錢，就把欠債人推入一個無底的深淵之中。

Storage Conditions:
Store at 20° to 25°C
(68° to 77°F)
[See USP Controlled Room Temperature.]

朋友嗎？兄弟嗎？如果借了錢不還，還有兄弟做？

趙靜香來到會客室等待，她在手機輸入。

「剛才他問我爲什麼收入這麼少。」

「沒有被拆穿嗎？」

「我不知道，不過應該沒有。」

「有新消息立即通知我。」

「知道了……」

有這些讓人墮入無底深淵的公司，都只因……有願意掉進無底深淵的人。

還有……「騙子」。

趙靜香的入息證明是偽造的，簡單來說，只要用電腦就可以製作出任何大公司大機構的入息證明、離職證明等等。

在這個看似繁榮的城市中，內在的腐敗根本就不會有人看到。

……

…

．

財務公司經理房內。

剛才的職員把趙靜香的資料給經理看。

「黐線，一看就知是假的入息證明，怎麼會有這樣的人來借錢？媽的。」職員冷笑：「眞夠白痴！」

經理看一看趙靜香的資料，皺起眉頭。

「我叫她坐一會，然後就拒絕她，叫她走吧。」職員說：「眞的浪費我的時間！」

「批。」經理簡單一個字。

「什麼？！明明是假的證明，這樣也批？我怕……」

「我說批就是了，你也沒什麼責任，是我簽名的。」經理說：「總之，跟你沒關係，我說批就批吧。」

「好吧……那我跟她說。」職員無奈地說。

他離開之後，經理把趙靜香的資料放進一個暗櫃之內。

「嘰嘰，這個很合適呢。」他的笑容充滿了詭異。

他究竟在想什麼？

另一邊廂，職員已經來到了會客室，告訴趙靜香她的申請成功批核。

Storage Conditions:
Store at 20° to 25°C
(68° to 77°F)
See USP Controlled Room Temperature.

「謝謝你！」趙靜香高興地說。

「沒問題的，過兩天貸款就會存入妳的私人戶口之中，如無意外，後天就可以收到錢。」

「好的！」

職員解釋一次還款的過程後，趙靜香離開了財務公司。

離開財務公司後，她立即打電話給剛才的朋友。

「我都說我的偽造手工不錯吧？哈哈！」電話中的另一個女生說。

「今晚幾點放工？我們去慶祝一下！」趙靜香說。

「妳請吃飯的話，我現在就出來！順便討論我們的歐遊大計！」

「當然吧！上網看看有什麼好吃的，一會見！」

「OK！出來再詳談！」

趙靜香掛線後，第一時間就收到朋友傳來一個網上訂機票和酒店房間的網頁，但奇怪地，在她的臉上沒找到半點的喜悅。

她借錢來做什麼？

很明顯，她想跟朋友飛一轉歐洲旅行，在年輕時留下一次美好的回憶。

在別的國家，連吃飽都是奢侈的事時，在這邊的城市，有很多人都只是想借錢去一次旅行，留下……「美好回憶」。

不過，趙靜香不會知道，這次的借錢事件，卻讓她得到了「畢生難忘」的經歷。

比歐遊留下的美好回憶……更值得「回味」。

一星期後。

……

：

·

趙靜香收到一個訊息。

訊息內容是……

「歡迎妳入住我們的女子宿舍，試業期間，免費入住。」

《錢，有些人是爲了生活，有些人是爲了生存。》

Storage Conditions:
Store at 20° to 25°C
(68° to 77°F)
[See USP Controlled Room Temperature.]

趙靜香

入宿 2

大埔舊街市。

在街市旁邊，一位老婆婆在路旁擺賣蔬菜，因爲她沒有錢租一個菜檔，只能在一旁擺賣，還經常被食環署趕走甚至票控。婆婆只是想靠自己賺點錢過活，可惜，在這個城市根本不容許。

一個接近八百萬人的城市，貧窮人口卻超過一百四十萬，貧富懸殊非常嚴重。

此時，一個紮馬尾的少女走到婆婆的地攤，她看中了西蘭花。

「婆婆，西蘭花多少錢？」馬鐵玲問。

「妹妹，就算妳十五元一份吧。」婆婆說。

「太貴了吧？十二元吧！不然我就去其他菜檔買了！」馬鐵玲說。

婆婆想了一起：「好吧，今天也沒賣出過，就十二元給妳。」

「婆婆妳應該要多謝我幫妳發市，嘻！」

馬鐵玲買下了西蘭花離開，對自己成功講價非常自豪。

Storage Conditions:
Store at 20° to 25°C
(68° to 77°F)
See USP Controlled Room Temperature.]

此時，她的手機響起，她按下接聽。

「妳煩不煩？一天打幾次電話來！」馬鐵玲吐槽。

「妳這個遲到大王我就是要提醒妳，今晚美妝店經理生日，全店都要出席，妳別要遲到！」

電話中另一個女生說。

「我當然知道！還要穿得好一點吧？」

「對！妳知道經理很重視生日！」

「當然重視吧，幾個姊妹都要夾錢買生日禮物給她，還要不是名牌就黑臉！」馬鐵玲說。

「沒辦法，我們未來升職都要看她的頭！」

「知道了知道了！」馬鐵玲看著膠袋中的西蘭花：「本來想自己煮飯吃……」

「今晚見！」

「BYE！」

她有點生氣，根本就不想去這些俾面派對，不過，爲了生活，馬鐵玲只能硬著頭皮了。

在她前面有一個垃圾桶，她把剛剛買回來的西蘭花掉進去了。

晚上。

美妝店經理的生日派對開始，派對上出現得最多的是虛僞的笑容，當然，包括了馬鐵玲自己。

桌上剩下很多食物，不過，她們一點也不介意，因爲就算吃剩也好，都是她們結帳的，她們想怎樣浪費就怎樣浪費。

很快，來到結帳的時候，六個人全單二千四百元，她們給了二千五百元，然後告訴侍應不用找續了。

我們就是生活在這樣的社會之中。

怎麼樣的社會？

爲什麼我們跟需要幫助的人買東西時，總是要斤斤計較？就如馬鐵玲跟婆婆買菜，爲了一點小便宜，不只壓價，還說自己幫婆婆買菜就是大恩大德一樣，爲什麼我們要突顯自己高高在上的權力？

而對於不是特別需要我們慷慨的人，我們卻又如此毫不吝嗇？一百元的貼士，這間高級餐廳會很稀罕嗎？爲了虛僞地表現大方給貼士，卻跟婆婆討幾元的小便宜。

可知道，這一百元，對於在街邊賣菜的婆婆是有多重要呢？

再說一次，我們就是生活在這樣的社會之中。

虛僞與造作的人際關係之中。

她們離開了高級餐廳，各自歸家，就在馬鐵玲等待的士時，兩個男人走到她的身邊。

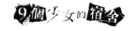

Storage Conditions:
Store at 20° to 25°C
(68° to 77°F)
See USP Controlled Room Temperature.]

「沒想到在這裡找到妳！」男人笑說。

「妳的登記地址是假的啊！馬鐵玲小姐！」另一個男人說：「妳欠我們的錢，我又要怎樣找妳還呢？」

幾個月前，馬鐵玲向一些非法的財務公司借錢，她本想一走了之，卻被他們碰過正著！

「有⋯⋯有的！我下個月就可以還給你們！」馬鐵玲非常驚慌。

「妳也蠻漂亮年輕的，不如⋯⋯」男人用手捉著她的下巴。

「我才不要！」馬鐵玲大聲說。

「我又未說做什麼，嘰嘰。」男人奸笑：「不如這樣吧。」

然後男人拿出了一張傳單，上面寫著⋯⋯

「歡迎妳入住我們的女子宿舍，試業期間，免費入住。」

《別要太過去沉迷，造作的人際關係。》

馬鐵玲

Chapter #1 - Check In #3

入宿3

一所高級酒店房間內。

「快一點！快一點！」一個肥男人在下方大叫著。

女的在上方不斷地搖晃著身體，直至男人超爽的大叫一聲，所有動作停止。

肥男人用力的把坐在他身上瘦弱的她拉到面前，然後跟她來了一個濕吻，男人舌頭與口水的臭味，應該沒有很多人可以承受得住。女的只能閉上眼睛，幻想這個二百磅滿身臭味的男人，是她深愛的人。

用身體去換取金錢，其實只是要成年人，有自己獨立的思考，不是一件大錯特錯的事，問題是，如果每個「客人」也是金城武當然沒問題，但更多的是……八両金。

體臭、狐臭、口臭、滿身肥肉、猥瑣的樣子，甚至下體還有強烈噁心的惡臭味，有誰會願意，把「那東西」放進自己的……嘴巴裡？

爲了錢，留下……最噁心的回憶。

他們完事後，一起抽著煙坐在床邊休息。

「靈靈，最近等錢用嗎？」肥男人吐出了煙圈：「下星期來我別墅，帶多幾個姐妹來，跟我們幾位老闆一起玩玩。」

許靈靈沒有說話，只是看著升起的香煙。

「當然，錢不會少，妳知道的。」

「好。」她冷冷地說：「有日子時間再跟我說，我先走。」

許靈靈本想離開，肥男人卻把她捉住，壓在床上。

「妳怎麼總是這樣的態度？」肥男人用手握住她兩旁的臉頰。

「時間已經夠，現在我可以走了嗎？」赤裸的許靈靈問。

「嘰嘰，做這一行來說，妳真的他媽的囂張！不過我就是喜歡這樣的妳！」男人興奮地吻在她的頸上。

她沒有任何的反應，只是呆呆看著天花板。

對於許靈靈來說，做愛只不過是一場交易，現在已經完事，她已經不用再扮興奮。

肥男人知道她的性格，也不多說，讓她離開。

對於男人而言，享受跟少女上床的快樂，不只是為了「性」，還有一份征服的自豪感。

擁有了她年輕時最矜貴的身體，那一份自豪感。

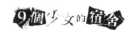

所以，無論是幾多歲的男人，都喜歡年輕的少女，因爲她的春青，將會一去不返，非常的珍貴。

在他們的世界，有錢可以買到任何的快樂，不過，他卻買不到「眞實的感情」。肥男人曾經想包養許靈霾，可惜她一口拒絕，反而讓肥男人更加想得到她的「感情」。

或者，許靈霾明白，愈是得不到的東西，男人卻最想擁有。

當然，許靈霾不是任何客人都來者不拒，可以跟她上床的，都是名流有錢人，這也是她做這一行的宗旨。

許靈霾洗完澡後，離開了房間，打電話給介紹她入行的朋友。

「完事了？」電話中另一個女生問。

「嗯，去吃飯？」許靈霾問。

「好啊！我也可以走了。」女生說：「對，最近妳是不是找地方住？我有一個很好的地方的介紹給妳！」

「很平租？」

「不只是平租，是免費！」

然後，女生把一張相片傳給許靈霾。

許靈霾看著手機的畫面，皺起眉頭。

「歡迎妳入住我們的女子宿舍，試業期間，免費入住。」

《愈得不到，愈想擁有；愈想擁有，愈得不到。》

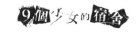

Storage Conditions:
Store at 20° to 25°C
(68° to 77°F)
See USP Controlled Room Temperature.)

許靈靈

Chapter #1 - Check In #4

入宿4

光大中學，教員室內。

「周同學，你不可以在學校廁所抽煙，你知道嗎？」程老師托一托眼鏡說。

男學生根本沒聽到她的說話，他的視線只落在老師修長的美腿之上。

「你有聽我說話嗎？」她拍拍桌子。

「妳自己不也抽煙嗎？」男學生輕聲地說。

「別要亂說！現在罰你留堂一星期！」

此時，另一個老師走了過來。

「程嬅畫老師，校長找妳。」

「知道了，我現在去。」

她離開教員室後，來到了校長室。

Storage Conditions:
Store at 20° to 25°C
(68° to 77°F)
See USP Controlled Room Temperature

「李校長找我有事？」

「對，請關門。」光頭校長一本正經地說：「過來。」

程嬅畫關門後走到李校長旁邊，然後李校長一手把她拉到自己的大腿之上。

李校長淫笑，然後用手撫摸著程嬅畫的大腿。

「程老師，妳的大腿真的很滑，嘰嘰。」

「校長……不要這樣！」她暗笑。

程嬅畫想走開，可惜李校長一手抱著她的纖腰：「別要走，妳不想升職嗎？沒有我跟校董會的人說話，妳的仕途不會有什麼好結果。」

無論是什麼職業，職場上層都會利用自己的權力去得某些「好處」，當然，還要下層吃這一套，才會有這樣的關係。下層也會得到利益或是更好的升職機會，也許這就是一套「等價交換」的機制，而對於女性來說，利用自己的美貌與身體去得到更多的好處，絕對是見怪不怪。

在父系社會之中，有美貌的女性絕對比醜女得到更多的「著數」。

當然，有美貌有身材，還要懂得「利用」自己最有魅力的地方，才是「最成功」的女人。

社會公平嗎？

在假裝公平的社會之中，根本就沒有「公平」這兩個字，「公平」只是由一些既得利益者想出來的「謊言」。

「後天，皇冠酒店的法國餐廳我訂了位，一起去吧。」校長說。

「校長你不用陪你的家人嗎？」程嬅畫咬咬嘴唇說。

「別要提這些掃興的說話，總之後天我們一起吃飯，然後……」

程嬅畫用手指擋著他的嘴巴：「那升職的事呢？」

「當然沒問題吧。」

「太好了！」

然後，程嬅畫吻在校長的額角上。

各取所需。

任何的關係也不外乎這四個字，無論是那個年輕的女藝人，爲了嫁入豪門，跟那個比自己大三十年的男人結婚，還是現在的程嬅畫，都是一樣……各取所需。

是眞愛嗎？

別說笑好嗎？

程嬅畫離開了校長室後，學生也走得差不多，她一個人走到學校一處沒有學生與老師的地方，抽起煙來。

這一口煙，是她最享受的一口，因爲這是終於不需要再假扮「我是一位好老師」的時候。

Storage Conditions
Store at 20° to 25°C
(68° to 77°F)
See USP Controlled Room Temperature

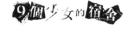

她拿出電話發 WhatsApp 短訊。

「**親愛的我下班了。**」她輸入。

「**我還在家中，未出去吃飯。**」

「**我應該很快可以升職了。**」

「**真的嗎？那我想買那台車的首期就沒問題了，很快就可以買車了！哈哈！**」

「**誰說要買車給你，笨蛋。**」

「**妳不是說過嗎？升職之後就買台車給我，我的寶貝。**」

「**是了是了，我回來再聊吧。**」

「**好的！轉頭見。**」

然後是一大堆心心的符號。

「貼錢養仔」這四個字，對於很多女生來說並不陌生，維持這種關係是愛？習慣？還是不甘心付出這麼多才不肯放手？

或者，在感情方面，女生不會選擇理性思考。

當然，程嬅畫的男友，同時也不知道自己的女朋友，是依靠自己的樣子與身體，得到升職的機會，在這方面，算是公平了。

每一個人，都在看不到的位置，隱藏著最黑暗的關係。

此時，程嬅畫的手機收到了一個陌生人的WhatsApp。

「這是……什麼？」

「歡迎妳入住我們的女子宿舍，試業期間，免費入住。」

《誰沒借過錢給男朋友或是前度，請舉手。妳呢？》

ssions. Thom
st as all mort
mol for the sake o
nts are bound and
ated excessively on
程嬅畫

Chapter #1 - Check In #5

入宿5

深水埗舊區。

一間百多呎的單位內，住了一家五口，與其說是「屋」，這裡更似一間「房」，一家五口住下來，沒有任何的私人空間。

數年前，本來是一家四口的，但因爲鈴木詩織的媽媽過身，她只能暫時住在這狹窄的地方，跟細姨、她的丈夫，還有兩個比她年紀小的表妹同住。

在這個城市，有人住山頂大屋高床軟枕，有人卻只能住在蝸居之中。人們都會把人的地位劃分等級，那些住大屋的，都被說成是成功人士，得人尊敬，而只能住在蝸居的都被說成沒出息、地底泥，這就是現實的社會。

鈴木詩織的父親是日本人，可惜就在她三歲的時候，父親因爲香港的生意失敗，避債逃離了香港，留下鈴木詩織跟媽媽相依爲命。父親沒什麼留給她們，債卻是一大堆。鈴木詩織媽媽過身，她只能寄人籬下，住在這個連睡覺的地方也不足的地方。

十七歲的她，因爲要準備香港中學文憑試，昨晚溫習至深夜，早上還未醒來，睡在下格床。

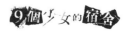

Storage Conditions:
Store at 20° to 25°C
(68° to 77°F)
See USP Controlled Room Temperature

「詩織……詩織……」

她朦朦朧朧聽到有人在叫她的名字，她張開眼睛，看到叔叔走上了自己的床上！

「妳的細姨跟表妹不在，給叔叔抱抱吧，就像小時候一樣。」禿頭的叔叔把她擁著，下體頂著鈴木詩織的身體。

「不……不要！」鈴木詩織反抗。

「怕什麼？叔叔會對妳很溫柔的，來吧，給叔叔一個吻。」他伸出了舌頭。

鈴木詩織已經不是小孩子，她有足夠的力氣反抗，她一手推開叔叔，立即跑出單位！

「媽的！吃我的住我的！妳現在是什麼態度！」叔叔大罵。

她一直在走廊跑，眼淚不自覺地落下，流下的眼淚，不是因爲叔叔的變態行爲，而是爲著自己的悲慘身世。

鈴木詩織走到了樓下的公園，因爲走得太急，她忘了穿回鞋子，雙腳現在又紅又腫。

「爲什麼……爲什麼會變成這樣……」

現在的她，不要說命運掌握在手裡，她連自己要如何生活下去也不知道。

此時，住在同一層另一個單位的女生，經過公園，她看到鈴木詩織一個人低下頭在哭。

「詩織，怎樣了？」她問。

鈴木詩織搖頭：「沒事。」

「沒事？妳看妳的腳也腫了！」女生非常生氣：「又是妳的叔叔嗎？他愈來愈過份了！來！我們去跟他理論！」

女生本想拉鈴木詩織走，可惜鈴木詩織反過來把她拉住：「不要……我不能得罪他，我已經不知道……可以住哪裡了。」

「那我們一起去告訴妳細姨！」女生說。

「細姨……一早已經知道了……」

叔叔性騷擾的事，已經不是第一次，只是這次叔叔的獸性更濃更過份，而細姨根本就知道這事，不過她選擇了……扮作不知道。

在別人眼中，他們兩夫妻雖然窮，但卻給人感覺是模範夫妻，誰也不知道，他們會這樣對鈴木詩織。

在人前是一個人，在人後又是另一個人，也許，不只是這對夫妻，大部分人都是這麼虛假。

女生坐到鈴木詩織身邊，牽著她的手，她也不知道應該要如何安慰鈴木詩織。

「會不會有一天要妳玩 3P 的？」女生說。

鈴木詩織聽到後，驚慌得不斷搖頭。

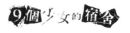

Storage Conditions:
Store at 20° to 25°C
(68° to 77°F)
See USP Controlled Room Temperature

「別怕，我只是說笑而已。」她突然想起一件事，然後拿出了手機：「對！我前天收到這個不知名的訊息，不如……妳試試去這裡住吧！」

鈴木詩織看著她的手機。

「歡迎妳入住我們的女子宿舍，試業期間，免費入住。」

《人前人後，有幾多人其實是禽獸？》

known as avarice, cupidity, or
鈴木詩織

Chapter #1 - Check In #6

入宿6

一星期後。

觀塘某工業大廈，沒有門牌的單位內，正在進行一場面試。

入住女子宿舍的面試。

「蔡小姐，妳的工作是……化妝師？」

三個中年女人看著這個孖辮女生，她是蔡天瑜。

「對，平時會接一些Freelance工作，婚禮新娘化妝也有做過。」她說。

「妳爲什麼想入住我們的宿舍？」中年女人問。

「近來接到的工作不多，再這樣下去我怕連租也沒能力交了，因爲妳們說是免費入住，所以來試試。」蔡天瑜說。

這三個中年女人只是由宿舍持有人外判的面試人員，她們的工作，就是看看來面試的人是否符合入住的要求。

要求就只有最重要的三點。

一、二十五歲以下少女；

二、貧窮；

三、貪婪。

她們都不明白爲什麼要有以上的奇怪要求，不過她們收了錢，就只能跟著做。

其中一個面試官在第一、二項加上了一個剔號。

「蔡小姐，我想知道妳對金錢的看法？」

蔡天瑜不太明白她們爲什麼要問這個問題，不過她爲了可以入住免費的女子宿舍，她決定說出自己的想法。

「對我來說錢非常的重要，或者有人說錢還是有很多東西買不到，比如友情，不過，沒有錢也不見得可以找到眞正的友情呢？有錢至少得到朋友的尊重，就算是假的尊重，也會開心！」

蔡天瑜直接說出了自己的想法：「還有，人就是因爲有錢，才會有自信，錢是自信的來源。」

三個中年女人互相對望以後，她們在第三項也剔了。

「很好，蔡小姐現在妳可以離開了，我們有消息會通知妳。」

「這樣就行嗎？」蔡天瑜最後說：「我眞的很需要入住免費的宿舍，希望妳們可以選擇我！」

Storage Conditions:
Store at 20° to 25°C
(68° to 77°F)
See USP Controlled Room Temperature.)

「我們明白的，妳回去等通知吧。」中年女人說。

蔡天瑜離開單位後，在工業大廈的走廊地上，看見了一張一千元紙幣，蔡天瑜看看四周沒人，立即把一千元拾起收在手袋中。

「今天走運了，嘻！」

此時，一個年輕的男生從後樓梯走出來，他看著本來放著一千元的地上。

「小姐，請問剛才有沒有看到有錢在地上？」他指著地下：「大約在這地方，我掉了錢。」

蔡天瑜呆了一呆看著英俊的男生：「沒……沒看到，可能被人拿了！也有可能被風吹到其他地方！」

此時，升降機已經到達樓層，蔡天瑜立即走入了升降機。

「是嗎？」男生懷疑。

「我趕時間，再見！」蔡天瑜說。

升降機門關上，男生與蔡天瑜對望，直到最後一秒升降機門完全關上。

然後，男生拿出手機打出電話。

「PASS。」他簡單地說。

其實，一切都是「佈局」。

一場面試，問幾條問題，就可以證明蔡天瑜是一個「貪婪」的人？不，才不是這麼簡單。

要在一個沒有人看到的地方，貪婪以及真正的一面才會出現。

男生繼續看著升降機的樓層燈，升降機很快已經落到地下。

他……笑了。

這個男生，就是女生宿舍的……持有人之一。

「**今貝女子宿舍**」的持有人。

《在自己艱難的時勢，誰會選擇路不拾遺？》

Storage Conditions:
Store at 20° to 25°C
(68° to 77°F)
See USP Controlled Room Temperature.)

蔡天瑜
Gree
(Latin
like
the penite

入宿 7

荃灣一棟舊式唐樓。

兩個女生正在把行李從六樓搬到一樓。

「奕希妳眞的要搬走？」其中一個女生問。

「我走了不是更好嗎？就算之後妳帶男人回來，也沒有人罵妳了。」黎奕希一手抽起行李袋走下樓梯：「媽的，我眞的受夠了，天天都要走樓梯！」

「我會很想念妳！」女生說：「不過，妳搬到那間女子宿舍，眞的會習慣嗎？妳知道妳的性格……」

「我不知道，總好過早上跟妳爭洗手間用吧！」

她們兩人把重重的行李搬到大閘前。

「晚上終於不用聽妳的呻吟叫聲！哈！」黎奕希笑說：「超煩的！」

「當妳沒法聽到時，妳反而會掛住我了。」女生吻在黎奕希的嘴巴上：「我會去宿舍探妳

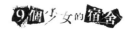

Storage Conditions:
Store at 20° to 25°C
(68° to 77°F)
See USP Controlled Room Temperature.

的！」

「我想不行了。」黎奕希說：「我看過宿舍的規則，不可以帶人到宿舍。」

「什麼？這麼嚴格的嗎？好像讀書時一樣！」

「總之我們還是可以經常見面吧，只是現在不同住。」黎奕希說。

「知道了。」女生撫摸她的臉頰：「可能妳不跟我住之後，就不會這麼抗拒男人，到時我們來一次 3P 吧，嘻！」

「黐線，走了，好好照顧自己。」黎奕希笑說。

「妳也是。」

小時候因爲跟人打交入過女童院的黎奕希，從小已經不喜歡社交，她一直跟好友住在這棟唐樓。不過，她卻想在她二十三歲生日前有一點改變，所以她決定申請入住「今貝女子宿舍」，也許是上帝的安排，正好選中了她。

黎奕希在車房工作，也是車房中唯一一個女生，不過，大家都不會當她女生看待，她有時比男生更像男生。

今天車房的同事來接她到今貝女子宿舍，他們把行李放上車後，向著宿舍前進。

向著新的人生出發。

「奕希，公司那條數……」同事說。

「我知道了，下個月我會放回去的了。」黎奕希說。

「妳最好盡快把錢歸還，不然老闆知道了一定會報警，到時妳又要回去坐了。」

「我都說知道了！你再說我就一手揸爆它！」

黎奕希的手已經在同事的下體位置。

「得得得！不說就不說！我只是關心妳！」

「誰要你關心。」黎奕希輕聲說。

「妳說什麼？」

「沒有！」她看著向後退的風景。

黎奕希偷了車房公司的錢，就只有這位對她有感覺的男生知道，當然，他暫時不會說出來。

如果不在下個月把錢還回去，黎奕希新開始的人生也許又要回到小時候的生活。不同的是，這次不再是入住女童院，而是女子監獄。

「宿舍的地址真的很偏僻，只有一條山路可以去到。」同事看著黎奕希給他的地圖：「妳真的決定了搬到那裡？」

「對，他們說有專車接送下山，所以平時上班也沒問題。」黎奕希說。

「聽到女子宿舍感覺好像很好玩似的！哈！我也想住！」

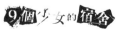

「把你闔了就可以。」

「才不要！」

也許，黎奕希跟其他入住的住客一樣，對於「女子宿舍」都有一點期待，而最重要的是，她完全不用交租，對於黎奕希來說，錢很重要。

汽車一直沿著高速公路行駛，他們的目的地……

……

…

·

「**大帽山**」。

《爲了錢而生活，而生活需要錢。》

黎奕希

Chapter #1 - Check In #8

入宿 8

大帽山。

香港最高的山峰，海拔九百五十七米，屹立於新界的中部。在大帽山山頂的位置，有一個神秘的「球形建築」，有人說這建築物是軍事用地，用作情報監聽，亦有人說只是天文台的氣象測量設施，衆說紛紜，不過，就算球形建築給人一種「神秘」的感覺，也不及距離這「球體」八百米的一處地方更「神秘」。

「**今貝女子宿舍**」。

余月晨自己駕車來到了分岔路的路口，她看著宿舍寄給她的地圖，再對比 Google 地圖，皺起眉頭。

「爲什麼這邊會有路？」她自言自語。

Google 地圖上完全沒有到宿舍那條路，她決定跟著宿舍給她的地圖繼續前進。

不久，她來到了一個花園前，在花園中央位置，就是她的目的地「今貝女子宿舍」。

宿舍的外牆由西式紅磚鋪建而成，屋頂卻是六邊形的中式綠琉璃瓦頂，獨特的中西合璧建築，充滿三十年代的懷舊風格，同時，給人一種與世隔絕的感覺。

很多人都說香港是一個很細的地方，不過，有很多地方我們也未曾去過，甚至……不知道它的存在。

「就是這裡了嗎？」余月晨看著宿舍：「看外觀感覺也不錯呢。」

她在一間上市公司做私人秘書，這星期她放大假，也正好是「入宿」的日子，於是自己駕車來到宿舍。

此時，她的手機響起了訊息的聲音，當然是公司的群組，她本來想關機，不過余月晨知道自己不能這樣做。

在這個繁忙的大城市中，根本不可能眞正的停下來，就算是放假，手機還是不斷地響起，或者，在這裡生活，我們都習慣了一種叫「奴性」的生活。

她的電話響起來電，是公司的老闆，余月晨立即接聽。

「是……是……是……沒問題的。」

她的說話態度跟她的表情成了反比，我們都生活在一個虛僞的世界之中。

爲了自己的工作，誰不虛僞？

本來在大公司做私人秘書工資也不錯，可惜，她就是最喜歡買名牌來調劑做奴才的心理，每個月的卡數當然也只是繳交最低還款額。

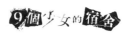

Storage Conditions:
Store at 20° to 25°C
(68° to 77°F)
[See USP Controlled Room Temperature.]

同一時間，黎奕希也來到了，她的男性朋友把車泊好，黎奕希下了車，余月晨跟她對望了一眼，然後輕輕一笑，可惜黎奕希扮作看不見，回頭整理她自己的行李。

「要這樣態度嗎？」余月晨不屑地說。

她們都不知道，大家將會成爲宿舍的「鄰居」。

余月晨拿出行李後，經過了翠綠的花園，來到了宿舍的大門前，在大門上方寫著「今貝女子宿舍」。

在大門前有一個中年女人在等待，她穿著黑色的修女服裝，得體地向余月晨點頭。

「歡迎來到我們女子宿舍。」她微笑說。

「妳好，我是新的住客。」

「我知道，妳是余月晨。」修女把一張卡給了她：「這是給妳的。」

「是什麼東西？」

余月晨看著卡上寫著……

「**NO.3**」。

《總是被生活操控，擠出虛僞的笑容。》

also known as avar
ttony, a sin
o an arti
omas Aq
tal sins
余月晨

Chapter #1 - Check In #9

入宿9

下午十二時十三分。

今貝女子宿舍內的裝飾，有一份古色古香的感覺，沿著典雅的木樓梯登上一樓，來到了一個像學校禮堂的會堂。

宿舍內的修女，帶著吳可戀來到了會堂。

吳可戀是一間慈善機構的員工，她在助養兒童的部門上班，負責處理助養者與助養兒童之間的信件往來。

「沒有升降機的嗎？」吳可戀把行李從地下搬上一樓：「重死了！」

「沒有，我們習慣了多運動，對身體也好。」修女說。

「對身體好？妳試試把行李箱搬上來吧。」吳可戀輕聲地說。

「妳說什麼？」

「沒有。」吳可戀轉移話題：「現在妳帶我去哪裡？」

「妳是最後一位到來的入宿者，請妳先到會堂，其他人已經在等候。」修女說。

「嗯，知道。」

吳可戀拉著行李箱走入了會堂，大門打開，另外八個入宿的女生回頭看著她。

趙靜香、馬鐵玲、許靈霾、程嬅畫、鈴木詩織、蔡天瑜、黎奕希與余月晨一起看著她。

第一次見面，有一份尷尬的氣氛。

吳可戀走到其中一個女生身邊，她跟她微笑。

「妳好。」趙靜香說。

「妳好。」吳可戀說。

「我叫趙靜香，妳可以叫我靜香。」她禮貌地說。

「我是吳可戀。」她微笑：「也可以叫我可戀。」

「可戀妳好。」趙靜香在她耳邊輕聲說：「這裡是偏僻了一點，不過，環境好像還不錯。」

「環境好是好，不過我最怕有蚊！」

「對啊！有蚊眞的是最大的問題！」

自我介紹完畢，不到三秒，她們已經開始聊起來，門面的說話大家都懂，而且在一個新環境中，認識一位朋友，怎說也比跟別人交惡更好。

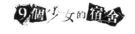

Storage Conditions:
Store at 20° to 25°C
(68° to 77°F)
See USP Controlled Room Temperature.]

吳可戀在外工作，最清楚這一點。

她一直也是公司裡的受歡迎人物，只因她懂得如何「假裝」去面對每一個人。當然，背後她跟其他人說什麼壞話又是另一回事。

「心計」這東西，女人比男人運用得更出色，而且，當關係出現問題，可以更「絕情」。

吳可戀跟趙靜香聊天，同時也在觀察在場的每一個女生，大致上她們的年紀也跟自己差不多，只是比較濃妝的看起來年紀大一點，不過，可以肯定不會超過二十五歲。

她看著鈴木詩織，鈴木詩織跟她微笑點頭，爲什麼吳可戀會留意到她？除了她的年紀應該是最輕的一位，吳可戀好像……在哪裡見過她。

就在此時，會堂的台上，幾個修女跟一個男人走了出來。

「啊？你……」蔡天瑜指著那個英俊的男生：「你不就是那天掉了錢的男生？」

「蔡天瑜小姐，沒錯，那個人就是我。」男生君子地跟她微微鞠躬：「那天，是一次『測驗』呢。」

他走到台前看著九個女生。

「我叫尼采治，我就是今貝女子宿舍其中一位持有人，請多多指教。」尼采治再次跟她們鞠躬：「大家覺得宿舍的環境如何？是不是比妳們想像中更好？哈，從今天起，妳們可以在這裡住下來……一個月。」

只有一個月？
究竟這個看似二十出頭的男生，爲何可以擁有這所女子宿舍？
他是什麼來歷？
「今貝女子宿舍」邀請女生免費入住又有什麼原因？
一切……
未知的未來、未知的故事、未知的結局，即將開始。

《你不會知道，誰人的心底，充斥著心計。》

Storage Conditions:
Store at 20° to 25°C
(68° to 77°F)
See USP Controlled Room Temperature.]

吳可戀

ness, is, like lust and
by the Church) is applied to an
of material possessions. Thom
against God, just as all mort
things eternal for the sake o
the penitents are bound and
concentrated excessively on
Greed
(Latin:
like
the penitents

also known as avarice, cupidity, or

Chapter #2

Meet

相遇

Chapter #2 - Meet #1

相遇 1

宿舍一樓會堂內。

「首先，我想先說明一下今貝女子宿舍的宗旨。」尼采治看著身邊的白衣修女。

其他修女都穿黑衣，只有她穿白衣，沒猜錯，她的地位是最高的。

「我是女子宿舍其中一位舍監，大家可以叫我白修女。」她接著說：「我們宿舍的宗旨，就是幫助一些經濟有困難的女生，免除了高昂的租金煩惱，免費入住宿舍。而且，我們還會定時發放入宿的津貼，幫助有需要的妳們。」

「等等，我有問題，剛才他說的『入住一個月』是什麼意思？」當老師的程嫦畫舉手問。

「對啊，我已經把行李都帶來了，我們只可以住一個月？」做化妝品銷售的馬鐵玲問。

「別要太心急，我會慢慢跟妳們解釋。」白修女慈祥地淺笑：「我們宿舍的入宿是以一年四個季度來計算，我們曾經有位宿友，在這裡住上長達三年時間，成爲了住宿最久的一位入宿者。就如尼采治先生所說，妳們只是初步成爲了宿友，現時只可以暫住一個月，不過，只要贏出了『遊戲』，妳們就可以一直住下去，同時可以獲得我們宿舍的津貼。」

「你們沒有一早說明只可以暫住一個月，而且又要參加什麼遊戲，這樣好像有點欺騙成份！」私人秘書余月晨說。

然後，尼采治跳下台，走到余月晨的面前。

「你……你想怎樣了？」余月晨退後了半步。

「很香的香水味，應該是……茉莉花香味，對？」尼采治在她面前索索鼻子：「不過，這種香味，也許比不上某些『臭味』。」

尼采治的手在余月晨的耳朵旁邊一伸，就如變魔術一樣，他的手上出現了一疊紙幣……一千元的紙幣。

「拿去。」尼采治說。

「什麼？」余月晨看著他手上的錢。

「津貼，先發放給妳們。」尼采治說：「這裡有一萬元，如果在遊戲中勝出，除了可以繼續入住宿舍，還可以得到更多更多的津貼。」

「眞的嗎？」余月晨拿過了那一疊一千元，不是道具，是如假包換的一千元紙幣！

同一時間，其他修女也開始向另外八位入宿者派發津貼。

她們拿著一疊疊的紙幣，不敢相信這樣就已經得到一萬元！

「現在我們還算是欺騙妳們嗎？」尼采治奸笑。

爲什麼他們不一早說明只能住一個月？一切也是他們的「計劃」，大家都把行李帶來了，還會這樣就離開嗎？而且這一萬元的津貼，對於他們「精心挑選」的少女來說……非常重要。

他們一直找尋那些沒錢、欠債、需要錢的少女，然後讓她們入住宿舍，都是他們的「計劃」。

「今貝女子宿舍」。

「今貝」兩個字同時組成一個字……

……

……

「**貪**」。

《貪婪的人會下地獄？但不貪婪的人在人間，也不見得生活得很好。》

Storage Conditions:
Store at 20° to 25°C
(68° to 77°F)
See USP Controlled Room Temperature.

Chapter #2 - Meet #2

相遇 2

經過一輪派錢活動後，九個女生都拿到了一萬元津貼。

「我們沒有強迫妳住下來，而且這女子宿舍都是想幫助妳們渡過因爲金錢而出現的難關。」尼采治坐在台邊說：「如果是因爲只能暫住一個月，而覺得我們欺騙妳們的話，妳們現在可以選擇離開。」

「一萬元的津貼妳們都可以帶走，不過，未來有更多的津貼，妳們就沒法得到了。」白修女說。

有人會立卽離開？

我想應該一個也沒有。

「我……」年紀最小的鈴木詩織舉起手問：「我想知道，我們要參加什麼遊戲？」

「第一場遊戲，名爲『淘汰遊戲』。」白修女說：「遊戲將會在妳們入住宿舍一個月內進行，妳們每人都有一個獨立的 Instagram 帳號，而帳號號碼就是妳們剛才收到的數字。」

她們拿起了手上的卡紙，再次看著自己的號碼。

NO.1　吳可戀　慈善機構職員
NO.2　程婥畫　中學教師
NO.3　余月晨　上市公司私人秘書
NO.4　黎奕希　車房職員
NO.5　許靈霾　無業
NO.6　趙靜香　診所護士
NO.7　馬鐵玲　化妝品售貨員
NO.8　蔡天瑜　化妝師
NO.9　鈴木詩織　中學生

「妳們回到房間時，會收到Instagram帳號與密碼，兩者都不能告訴別人，當『淘汰遊戲』開始時，妳們就依照指示去完成遊戲就可以了。」白修女說：「還有一點，妳們不能告訴任何人參加這次女子宿舍的『遊戲』，如果被發現，會立即取消入宿的資格。」

「要這樣嚴謹嗎？」車房職員黎奕希輕聲說：「其實告訴別人他們也不知道吧。」

站在她身邊的許靈霾聽到她的說話，不過沒有理會她。

「妳只是說『淘汰遊戲』與Instagram帳號，妳還沒有說遊戲是關於什麼。」余月晨說。

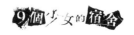

「現在，我們會先安排大家到宿舍的房間，今天是第一天，所以大家暫時也不需要知道遊戲的內容，大家安頓好後，我們會有一次午餐聚會給大家互相認識，就當是新房客的聚會吧。」白修女說。

當然，大家都還有很多問題，不過，她們未入住就已經收到了一萬元的現金，大致上，在場的女生都沒有太大的異議。

此時，她們的手機同時收到了新的訊息。

今貝女子宿舍舍規：

一、不能告訴任何人參加宿舍的「遊戲」；

二、不能帶同訪客進入今貝女子宿舍或留宿；

三、宿舍範圍嚴禁進行未經宿舍人員批准之活動；

四、不可損毀宿舍內任何傢俬、設備、結構；

五、不可進入宿舍內的「禁止進入」區域；

六、未經准許不能擅自退宿；

七、暫離宿舍三天以上，需要向宿舍人員申請；

八、某些特別日子，需要凌晨十二時前回到宿舍。

以上爲「今貝女子宿舍」基本舍規，如有修改或增減，會作另行通知。

「好像回到學生時代一樣呢。」趙靜香笑說。

「十二時前回到宿舍？看來有些夜貓子會非常麻煩了，哈。」吳可戀笑說。

大家笑了起來，氣氛突然又變得輕鬆了。雖然「舍規」的確有一點奇怪，不過，她們也不是太在意，因爲很多規矩，對已經成年的她們來說，都只是紙上談兵，沒有眞實的規限。

白修女簡單介紹宿舍的設施後，她們可以先回到自己的宿舍房間。

就在她們準備離開之時，一直沒有說話的許靈霾突然問。

「妳所說的『淘汰』，是淘汰我們九個人之中的一個？被淘汰的那人不能住下來？也不能得到你們發放的津貼？」她帶點冷漠地問。

「很好的問題。」尼采治在台上跳了下來：「不是九個淘汰一個，而是……**九個淘汰九個！**」

《爲什麼人類需要規則？因爲，人類是最沒法遵守規則的生物。》

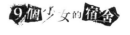

Chapter #2 - Meet #3
相遇3

半小時後。

九個女生的房間，分別在二樓和三樓，二樓是NO.1至NO.5，三樓是NO.6至NO.9。

NO.9的鈴木詩織，她走到三樓尾二的房間，把行李放在門前，然後看著最尾的房間。不知是什麼吸引了她，她走到尾房，看見尾房的門牌上，寫上了……

「NO.10」。

明明就只有九個女生，爲什麼會有NO.10？

鈴木詩織看著NO.10的門牌，出現了一份心寒的感覺。

突然，有人在鈴木詩織的背後拍了一下！

「呀！」她大叫。

「妹妹，妳在做什麼？」是NO.8的蔡天瑜。

「妳嚇到我了！」鈴木詩織看著她說：「我只是在想，爲什麼會有十號？明明就只有九個女生。」

蔡天瑜看著NO.10的門：「嘻，又什麼奇怪？酒店房也有門號吧，也可能是沒有住客。」

「這……這個也是……」

「啪！」

NO.10的房間內，突然從裡面傳出了一下輕輕的拍門聲！

她們兩人尖叫。

「發生什麼事？」NO.7的馬鐵玲也走到她們的位置。

「有……有人在裡面！」鈴木詩織指著大門。

「有什麼出奇？也可能是其他修女住的不可以嗎？」馬鐵玲摸摸自己的辮子：「別要自己嚇自己好嗎？好吧，剛才我也沒有介紹自己，我叫馬鐵玲，是做化妝品售貨員的。」

「啊？我是化妝師啊！眞巧！」蔡天瑜說。

然後，她們開始在走廊聊起來，只有鈴木詩織還看著NO.10的大門。

眞的是修女住嗎？

還是……另有其人？

……

Storage Conditions:
Store at 20° to 25°C
(68° to 77°F)
See USP Controlled Room Temperature]

⋮ ·

同是三樓。

NO.6 的趙靜香走進了房間。

「嘩！不會吧？」

房間比她之前租的單位還要大，全白色的佈置，很純樸，卻有一份很舒適的感覺。

她立即躺在六尺的大床之上。

「也太舒服了……」

軟綿綿的床鋪，讓她有一種幸福的感覺，她從小已經很想睡在這樣的大床之上，不過出生於貧窮的家庭，趙靜香從來也沒有這個機會。

所以她很喜歡旅行，去旅行時最喜歡就是酒店的大床。

她躺在床上拿出了手機，沒有訊息，趙靜香回想起剛才白修女的說話。

「整間女子宿舍，就只有會堂可以收到訊號，如果要對外聯絡，只可以用宿舍的 Wi-Fi。」

「Wi-Fi 名稱是什麼？」

她打開了Wi-Fi，只有一個網絡選擇……「DEAD9IRLS」。

「是這個嗎？爲什麼要是『DEAD』死亡？眞奇怪。」

然後她嘗試連線，很快就成功了，此時，她收到了一個名爲「今貝女子宿舍」的訊息。

「請於一時正到地下食堂用膳。」

「眞像學生時代的宿舍，好像都要跟隨他們的規則。」趙靜香想了一想：「不，嘻，更像……女子監獄。」

或者，她的想法沒有錯，只是當她知道宿舍的「計劃」，她……

絕對不會笑出來。

趙靜香看著玻璃窗外的天空，突然想起了一個人，「珠，妳在哪裡？」

《你是否在尋覓，生活眞正目的？》

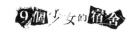

Storage Conditions:
Store at 20° to 25°C
(68° to 77°F)
See USP Controlled Room Temperature

相遇 4

女子宿舍二樓。

一號房的吳可戀，已經把行李內的衣服拿出來，放入衣櫃之中。全白色的衣櫃門外，是一面比人更高的鏡子，她看著鏡子，擺出一個誘惑的姿勢。

在獨自一人的地方，才會表現真正的自己，沒有人看到的自己。

吳可戀坐到純白的沙發之上，她打開了一個錄音程式，沒錯，她是一個非常小心的女生，她已經把剛才會堂內的對話，全部錄下來。

她按下了重播。

「不是九個淘汰一個，而是……九個淘汰九個！」尼采治說。

「什麼意思？」

「妳們是幸運的，是我們挑選的九個幸運少女。」白修女說：「不過，我們還挑選了另外九個『後補』的宿友，妳們需要跟她們進行一場遊戲，只要妳們九個勝出，就可以繼續在宿舍住下去。」

「即是說要我們九個人合作？」

「沒錯，九個女生合作擊敗挑戰的九個女生。」

吳可戀按下了停止：「合作？哈，才認識了不到幾小時，說什麼合作？」

此時，有人敲一號房的大門，吳可戀看看防盜眼，是二號的程嬅畫。

「有什麼事？」

吳可戀打開了大門。

「妳好。」程嬅畫說。

「妳好，有什麼事嗎？」

「沒有，我只是想了解一下，妳的房門是不是跟我的一樣。」程嬅畫說。

「房門？」吳可戀懷疑地問。

「對，因爲我的房門是……沒有門鎖的。」

吳可戀看看自己房門，的確，沒有門鎖。

「我的房間也沒有啊！」吳可戀說。

「就是了，我就覺得奇怪，爲什麼房間沒有門鎖，這樣感覺很不安全！」程嬅畫托托自己的眼鏡說：「如果晚上突然有人走了進來要怎辦？」

Storage Conditions
Store at 20° to 25°C
(68° to 77°F)
See USP Controlled Room Temperature

「我覺得可能是妳想多了，哈！」吳可戀笑說：「應該不會有問題的。」

「看來妳也蠻適應這裡呢？我總是覺得這宿舍有點奇怪，但又說不出有什麼古怪。」程嬅畫說：「對，我來自我介紹，我叫程嬅畫，是中學教師。」

「妳好，我叫吳可戀，可以的可，戀愛的戀。」吳可戀說：「啊？妳是中學老師？爲什麼今天不用上課？」

她們二人開始聊了起來，表面上有說有笑的，其實大家也在套出更多有關對方的事，比如職業、興趣、收入之類。

這是我們城市人習慣的社交技巧，有很多的客套說話，都只是……「廢話」。

一樓的尾房五號房間。

許靈霾也發現了房門沒有鎖，而她的想法跟她們二人不同，她心中覺得，沒有門鎖的作用，表面上只是普通的宿舍設計，但眞正的用途，可能就是要令人有一份……

「不安的感覺」。

許靈霾聽到門外有聲音，她立即打開大門看，在長長的走廊中……什麼也沒有。

這女子宿舍，只是來到了不到半天，已經給許靈霾一種詭異的感覺，她心中知道，住下來也許將會遇上一些「不得了的事」。

《我們唯一值得恐懼的就是恐懼本身。》

——第三十二任美國總統羅斯福

Storage Conditions:
Store at 20° to 25°C
(68° to 77°F)
[See USP Controlled Room Temperature.]

Chapter #2 - Meet #5
相遇 5

今貝女子宿舍四樓。

這裡是留宿住客禁止進入的地方，就只有修女與工作人員可以走進這一層。

宿舍四樓的尾房，是尼采治的私人房間。

房間內，放滿了同樣大小的螢光幕，整齊地排列在牆壁之上，一、二、三、四、五、六、七、八、九，在中間的九個螢光幕，正拍攝著九個宿舍房間，九個女生現時在房間內的舉動也一覽無遺地盡入他的眼簾。

尼采治看著其中一個螢光幕，八號的螢光幕，蔡天瑜正在更換衣服，身材豐滿的她，一點也沒法吸引尼采治，他關心的，是九個女生獨處的時候，會做出什麼奇怪的行爲。

尼采治戴上了耳機，聽著蔡天瑜房間的聲音，她在哼歌，然後用手摸摸著自己的胸部，像非常滿意的樣子。

「嘿。」尼采治暗笑。

穿得非常保守的蔡天瑜，卻在沒有人的時候，滿足自己的大胸部。

「偷窺」是人類最快樂的娛樂，如果有這樣的機會，沒有人會放棄窺探別人的生活。

現在，有一個很重要的問題。

鏡頭放在房間哪裡？爲什麼她們完全沒有發現？

沒錯，這就是今貝女子宿舍的「獨特」之處，不只是房間，走廊、會堂、大廳，整座宿舍都裝置了大大小小的鏡頭，而現在尼采治看著房間的畫面，鏡頭就在衣櫃門的大鏡子之內。

「嘰嘰，這九個女生，看來會很有趣！」

然後，尼采治拉下了褲鏈，拿出他的那話兒，他想做什麼？

不用多說，當然是享受偷窺的……「興奮」。

就在此時，房間的內線電話響起，尼采治非常驚慌，像變成了另一個人一樣，立即走去接聽電話。

「是……！」他的聲線在震。

「入宿的女生安排好了嗎？」是一把老女人的聲音。

「已經……已經安排好了！」尼采治精神地說。

「嗯，你要好好地監督這次的遊戲，知道嗎？」她說。

「我知道！我知道！」尼采治在奸笑：「絕對不會讓妳失望！」

Storage Conditions:
Store at 20° to 25°C
(68° to 77°F)
See USP Controlled Room Temperature.)

「嗯。」

女人掛線，尼采治才說出再見。

「再見了……媽媽。」

下午一時。

六個女生已經來到了地下的食堂，食堂的佈置非常華麗，就如皇宮的食堂一樣，跟簡約的宿舍有點格格不入。

她們一起圍著大圓桌坐下來，一起吃東西，還有白修女與另一個穿著紅色修女服的女人。

十一個人一起用餐。

「對不起，我們遲到了！」

她們是七、八、九號房的馬鐵玲、蔡天瑜與鈴木詩織，不到半天，她們已經混熟了。

「請依照桌上的號碼坐下來。」白修女說：「這一位是紅修女，也是宿舍的其中一位舍監。」

她們一直沒有移開視線看著紅修女，因爲這個穿著紅色修女服的人很古怪，不，不是用古怪來形容「她」，因爲「她」是……

一個男人。

「大家好，我是紅修女。」

一把像老牛的聲音說。

《如果給你偷窺一個喜歡的人，你的選擇是？》

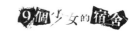

Storage Conditions:
Store at 20° to 25°C
(68° to 77°F)
See USP Controlled Room Temperature.

Chapter #2 - Meet #6

相遇6

「別介意，我還沒完成整個變性手術，現在聲音很難聽，不過……」她指指自己的下體：「那裡已經做了手術，我很快會變成真正的女人了，跟妳們一樣，嘰嘰。」

她們的臉上出現了噁心的表情，也許，其中有幾個沒法接受這樣的變性人，而且是由男變女。

「每兩星期，妳們都需要來這裡一起吃飯，這也是宿舍的舍規。」紅修女說。

「等等！」黎奕希舉手：「如果有事不能來呢？」

「對，又或是去了旅行？」趙靜香問。

「沒有任何藉口，必須出席。」紅修女的聲線突然變得很不滿。

「怎麼愈來愈像學生宿舍的生活，有很多規矩。」余月晨說。

「現在還未遲，妳可以立即離開。」紅修女不像白修女那麼客氣。

余月晨想起無原無故就得到一萬元的津貼，也沒有跟他爭辯下去，不只是她，其他的女生也沒有反駁他。

「好吧，紅修女有時說話比較直接，大家別要介意，呵呵！現在大家也是宿友了，不如一面吃一面介紹一下自己，就當是互相認識吧，就由住在一號房間的吳可戀開始吧。」

她們開始各自介紹自己，整個飯局也有說有笑的，大家也非常投入，也許，她們從來也沒想過，可以免費住在這宿舍，而且未來還有機會得到更多更多的金錢，她們的心情變得非常愉快。

一小時的快樂飯局後，九個女生也熟絡了，當然，只是表面的熟絡，在她們的內心，根本沒有人知道在想什麼。

「靈霾，妳爲什麼不多跟其他人說話？」坐在她身邊的趙靜香問。

「我不是太喜歡社交。」靈霾說：「我覺得大家都有點……假。」

這是眞說話，趙靜香看著她，沒想到靈霾會這麼直接跟自己說出了她的想法。

「其實我也是這樣想。」趙靜香笑說：「不過，如果妳不介意，我們來做朋友吧，始終我們都會在未來日子一起住下來，多一個照應。」

許靈霾用一個懷疑的眼神看著她。

「我只是……」

「好，我們做朋友吧。」許靈霾沒有笑容。

「好！妳可以叫我靜香！」趙靜香高興地說。

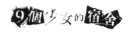

Storage Conditions
Store at 20° to 25°C
(68° to 77°F)
See USP Controlled Room Temperature.]

「妳們兩個……怎麼細聲說大聲笑？」在她們身邊的黎奕希說。

「妳在靈霾房間的旁邊，我們也一起做朋友吧！」趙靜香說。

「好，做朋友首先要……」黎奕希撥撥她中長度的短髮。

「當然是交換電話，還有IG！」趙靜香說。

在這個時代，最容易了解一個人的方法，就是看對方的Instagram，當然，是假的生活也好，也可以窺探對方屬於那一類人。

「大家也吃飽了嗎？現在妳們的手機會收到各自的Instagram帳號與密碼，這就是妳們開始遊戲時使用的帳號。」白修女說。

她們各人也收到了帳號與密碼，還有一份入宿同意書。

「在手機上簽了同意書，妳們就是正式的住客。」紅修女奸笑。

十八頁長的英文入宿同意書，在這快樂的氣氛之下，根本沒有人會在意同意書的內容。

九個女生都在螢光幕上簽名。

正式開始在今貝女子宿舍的生活。

《有些朋友的關係，多多少少都帶點假。》

Chapter #2 - Meet #7

相遇7

入宿的第一個晚上。

很靜。

習慣了在城市生活的她們，不習慣在山上的寧靜。

九個女生中，有一半以上沒法入睡。

「媽的。」黎奕希沒法入睡，起身走出房間。

她已經問過宿舍的修女，不能在宿舍內抽煙，要抽煙只可以到花園中。其實她也可以偷偷在房間的洗手間中抽煙，不過她卻想到花園走走看。

當然，夜深人靜的時間，她不想一個人。

她走到了靈霾的五號房間前舉起手準備敲門，手未落靈霾已經打開了大門。

「嘩！別要嚇人吧！」黎奕希大叫。

「我在防盜眼看到妳，所以開門。」許靈霾沒表情地說：「走吧。」

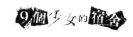

Storage Conditions:
Store at 20° to 25°C
(68° to 77°F)
See USP Controlled Room Temperature.]

她們在昏暗的走廊一面走著一面聊天。

「沒有門鎖的門，眞的很討厭。」黎奕希說：「不知道某天有誰會走進來。」

「對，走進來強姦妳。」許靈霾說。

「哈！原來妳懂說笑的嗎？妳怎麼說笑話也沒有笑容？」黎奕希問。

「不習慣笑。」

「我也不習慣，很好，我們可以成爲朋友！」

她們二人走下樓梯，來到了地下走出了花園，然後找到一張長石椅坐下來。這個位置，可以看到整座今貝女子宿舍。

二人點起了香煙。

「這宿舍……很怪。」許靈霾吐出了煙圈。

「的確是，這樣就給我們一萬元，而且又多規則。」黎奕希說：「不過，媽的！誰管他！有地方住有錢收，眞好！」

許靈霾沒有說話，可能她心中有同樣的想法，不，是九個女生都有同樣的想法。

「妳爲什麼會來宿舍？」黎奕希問。

「妳呢？」

「我偷了公司的錢，要把錢還回去，不然我就要坐監了。」黎奕希說：「我先說了，到妳。」

許靈霾看著黎奕希：「沒什麼，只是找個地方住而已。」

「別騙我了，妳一定有什麼原因才會來住！」黎奕希不相信。

「拿去。」許靈霾把那一萬元遞給了黎奕希。

「什麼？」

「我不需要，因爲妳是我朋友，而妳比我需要錢，我給妳。」

黎奕希拿過了錢，然後深深擁抱著許靈霾：「謝謝妳！眞的！雖然第一次見面，不過，我眞的謝謝妳！」

「不用謝。」

許靈霾眞的想幫助黎奕希？抑或全都是她的「心機」？只用一萬元，在認識最初就已經收買了人心？她是知道未來的日子需要「夥伴」才會這樣做？

根本沒人知道她在想什麼。

在黎奕希擁抱著她不斷說出自己有多感激她的說話時，許靈霾卻沒有聽入耳，她只是看著眼前的今貝女子宿舍。

突然，她看到三樓的尾房亮了燈，不到一秒，又再次關上。

當然，如果是有「鬼」反而不難解釋，不過許靈靈知道，這並不是「鬼」，而是有人在「搞鬼」。

許靈靈沒有很驚訝，反而露出一個奸笑的表情。

第一次出現了笑容。

《你眞的相信他是好人？或者只不過在收買人心。》

Chapter #3

淘汰遊戲

Teamwork

Chapter #3 - Teamwork #1

淘汰遊戲 1

一星期後。

每天，她們要上班或是外出，都有專車接送，九個女生變成了富貴的公主一樣，盡享今貝女子宿舍給她們的「服務」。

在慈善機構工作的吳可戀，今天跟平時一樣，處理著一大堆助養兒童與助養者的信件，她快要睡著了。

此時，部門的經理走過，看到快要睡著的吳可戀，用力拍打她的桌面！

「睡覺不如回家睡吧！」經理看著堆積如山的信件：「現在的後生女真的是！」

「對……對不起！」吳可戀立即精神起來。

經理再給她一個兇狠的眼神，然後走回自己的辦公室。

「睡一會會死嗎？那些助養的兒童會死嗎？而且有多少錢去到兒童的手中也不知道，賤女人！」吳可戀輕聲對著經理的房間說。

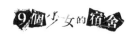

Storage Conditions
Store at 20° to 25°C
(68° to 77°F)
See USP Controlled Room Temperature

「別這麼大聲，老妖聽到就麻煩了！」在她身邊的同事說。

「怕什麼！最多就不做這份白痴工！」吳可戀生氣地說：「如果我可以隨便殺一個人，我第一個殺了這隻老妖！」

當然，這全是在別人背後說的話，在老妖面前，吳可戀也只能說「對不起」。

此時，吳可戀的手機響起，是九個少女的 WhatsApp 群組，她們九個人也在這一星期混熟了，決定開一個今貝女子宿舍的群組。

「妳們有收到嗎？」

「我有！」

「怎樣了？」

「當然照做吧，又沒什麼特別。」

「好！我現在去拍！」

吳可戀再看看另一個未讀的訊息，是今貝宿舍發來的訊息。

「淘汰遊戲正式開始，別忘記妳們九個女生的對手是另外九個很需要入宿的女生，所以請大家務必投入參與。」

吳可戀繼續滑下去看。

「淘汰遊戲第一回合非常簡單，九個女生用手機，在今天十二時前拍下街上的橙色垃圾桶，別忘記，要九個女生各自拍攝垃圾桶，然後上載到各自的 Instagram 帳號之上才算完成，遊戲現在開始！」

「這很簡單呢……」

「Welcome To Our Game!」

吳可戀再次在查看她們九個女生的群組，蔡天瑜已經把橙色垃圾桶的相片放出來。

「正好我在街上，身邊有一個。」

「那妳快把相片放上 Instagram！」

「沒問題！」

「我也去拍一張！」

群組在熱烈討論，吳可戀也輸入：**「我放工後立即去拍！」**

「可戀，別玩手機了，老妖又看著妳！」同事說。

吳可戀放下了手機，看了經理房一眼，然後……傻笑了。

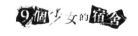

……

…

Storage Conditions:
Store at 20° to 25°C
(68° to 77°F)
[See USP Controlled Room Temperature.]

晚上，十一時三十五分。

八個女生也拍了垃圾桶的相片，就只有馬鐵玲還沒有上載到 Instagram 之上。

在女子宿舍內，程嬅畫打電話給跟馬鐵玲比較熟絡的蔡天瑜。

「她去了哪裡？」程嬅畫問：「群組中她也沒有留過言，她人去了哪裡？」

「我已經打了好多次電話給她，關了手機！」蔡天瑜說：「她早上還有在群組留言！」

「會不會出了什麼事？」程嬅畫問。

「妳等等，詩織也打來了，可能也跟妳問同樣的問題，轉頭我們在宿舍樓下見吧。」蔡天瑜說。

「好！」

程嬅畫看著牆上的時鐘，十一時三十六分，她擔心馬鐵玲？不，她更掛心的是……沒法贏出這次的遊戲。

「婊子，別讓我輸了遊戲！」程嬅畫說。

《無論那人是誰，每個人都有罪。》

Storage Conditions:
Store at 20° to 25°C
(68° to 77°F)
See USP Controlled Room Temperature

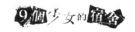

淘汰遊戲2

十一時五十分。

程嬅畫、蔡天瑜、余月晨、鈴木詩織四個女生在大門前等待馬鐵玲的出現。

「這樣……這樣就輸了遊戲嗎？」鈴木詩織有點不甘心。

「不，他們說是淘汰遊戲第一回合，我們應該可以在下一回合贏回來。」跟馬鐵玲比較熟絡的蔡天瑜說。

「問題是如果第一回合就輸了，而對方每一個回合也可以贏，我們不就是永遠也追不上？」程嬅畫不忿地說：「而且只不過是拍照，又不是太困難的事！」

「馬鐵玲這個人真的沒有交帶！」余月晨發出了討厭語氣。

十一時五十三分。

大門前傳來了汽車的聲音，然後就是一個女生狂奔向她們，是馬鐵玲！

「手機沒電！他們的車也沒有車充！快！要充電！我已經拍好了相片，但未上傳到

IG！」馬鐵玲心急地說。

「我有！」鈴木詩織把自己正在充電的手機線拔下，然後插入了馬鐵玲的手機。

他們五人一起看著馬鐵玲的手機，等待著 iPhone 充電。

「我一早已經拍了垃圾桶的相片！」馬鐵玲重複說。

「妳爲什麼不立卽上傳？」程嬅畫問。

「我忘記了！然後我晚上記起來時，手機已經沒有電！」

余月晨用一個兇狠眼神看著她：「如果這次我們輸了，就是妳一個連累全家！」

被她這樣說，馬鐵玲心中不爽，不過她知道眞的是自己的錯，她沒有同駁余月晨。

十一時五十九分。

iPhone 手機終於出現了蘋果的標誌，手機可用！

「快 POST 上 IG！」程嬅畫說。

「現在 POST！」

同一時間，黎奕希打電話給鈴木詩織，問著現在的情況，她快速地交代。

現在大家也非常心急，都只是爲了……

「在 IG 中上傳一張相片」。

馬鐵玲快速操作手機，就算十指都是水晶甲，她也能純熟地運用手機。

就在手機上的時間顯示爲 00:00 的一刻，相片終於出現在馬鐵玲「9IRLS007__」的帳號之上！

「完成了！」馬鐵玲高興地叫著。

其他的女生也鬆了口氣，沒想到第一個遊戲已經這麼驚險。

「下次妳眞的要小心！」余月晨說：「這麼簡單的事也要我們擔心！」

「沒錯！我們都是同坐一條船，妳這樣我們會很危險！」程嬅畫和應余月晨。

馬鐵玲終於沒法忍耐，她想大罵回去之時，她們的手機同一時間響起……

「淘汰遊戲第一回合，非常抱歉，因爲妳們在 00:00 之後才上載最後一張相片，超過了遊戲指定的時間，所以……第一回合將會視爲『落敗』。」

手機上顯示 00:00，她們以爲沒有遲到？她們以爲 00:01 才是遲了？錯了，手機上沒法看到秒數，即是說「00:00」可以是 00:00:01、00:00:02、00:00:03 等，如果在 23:59 就絕對不會遲，可惜，只要手機上顯示是 00:00，代表已經是第二天了，她們……趕不及了。

「淘汰遊戲第一回合，後備入住女生組成功完成遊戲，而現正入宿女生組……落敗！」

「爲什麼會變成這樣……」馬鐵玲本想發脾氣，現在卻非常的後悔：「只是過了幾秒時間……」

「正一賤貨！」

爲人師表的程嬅畫，忍不住自己的憤怒說出這一句說話，然後轉身離開！

「等等！妳說什麼？」蔡天瑜看不過眼：「妳會不會太過份……」

余月晨也給了馬鐵玲一個中指手勢，跟程嬅畫一起離開。

馬鐵玲蹲在地上，樣子非常內疚，鈴木詩織也跪下來跟她說：「也沒什麼的，之後贏回來就好了。」

「對，也不全是妳的責任……」蔡天瑜拍拍她的頭。

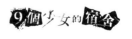

Storage Conditions
Store at 20° to 25°C
(68° to 77°F)
See USP Controlled Room Temperature.

馬鐵玲沒有回答她們，只是呆了一樣看著手機。

只是第一個遊戲的第一回合，說什麼友情？什麼友情都是假的，九個女生已經開始各自組成屬於自己的……

「**小圈子**」。

《討厭得說出口不算最討厭，討厭得內心想你死才是最討厭。》

Chapter #3 - Teamwork #3

淘汰遊戲3

入宿的第十二天。

除了九個女生共同的 WhatsApp 群組，她們各自跟比較熟的人開始有自己的群組，就如現實生活一樣，每個人都有幾個這樣的群組，A群組沒有B、B群組沒有A，而C群組中A和B還在快樂地聊天，然後在各自沒有對方的群組中，不斷說對方的壞話。

她們九個女生，分成了三個群組。

NO.1 吳可戀、NO.2 程婞畫、NO.3 余月晨一組。

NO.4 黎奕希、NO.5 許靈霾、NO.6 趙靜香一組。

NO.7 馬鐵玲、NO.8 蔡天瑜、NO.9 鈴木詩織一組。

不知是巧合還是宿舍早已精心安排，她們九個女生是 1-2-3、4-5-6、7-8-9 這樣成爲了比較熟悉的朋友。

自從馬鐵玲來不及上載相片事件之後，馬鐵玲一組跟程婞畫一組的關係也變得有點火藥味。

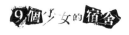

今天是兩星期一次的宿舍飯局，大家對第一回合遊戲落敗的事已經消化，不過，有些人還是沒有半句對話。

「第一回合妳們落敗了，真的沒想到連這麼簡單的遊戲也不能完成。」紅修女語氣帶點諷刺。

「是某些人的問題，跟我們沒關係。」吳可戀說話有骨。

「不如妳直接說出某些人是誰吧？妳們不需要單單打打。」蔡天瑜替馬鐵玲說話。

「別這樣，算了別跟她們吵。」鈴木詩織輕聲在蔡天瑜的耳邊說。

「大家別要太擔心。」白修女說：「還有兩個回合，妳們一定可以贏回來，然後繼續留在宿舍。」

的確，對於她們來說，現在宿舍給她們的住宿與服務，是她們一生也沒有享受過的，她們又怎會放棄這樣的新生活？

「我想知道，我們如果輸了，就要在月尾卽日搬走？」趙靜香問。

「對，立卽離開！」紅修女說。

此時，程嬅畫站了起來說：「好吧！以後的遊戲，麻煩大家也投入一點！別要拖其他人的後腿！」

「妳說妳自己？」紅修女拿出一張名單。

「你說什麼？」程嬅畫說。

「吳可戀、程嬅畫、余月晨、趙靜香、蔡天瑜，這五個入宿的女生，違反了宿舍舍規第一項，不能告訴任何人參加宿舍的『遊戲』。」紅修女把名單掉在桌上。

「我……我沒有！」余月晨第一個有反應。

「妳們要我拿出證據，我沒所謂，妳們立即要離開宿舍；不過，白修女跟我說，給妳們一次機會，她說妳們不會再重複犯錯。」紅修女奸笑：「妳們應該要多謝白修女的大恩大德。」

如果她們眞的沒有告訴別人，當然會爭辯下去，問題是，這五個女生自己心中有鬼，她們的確有跟朋友說過參加宿舍的「遊戲」。

而另一個讓她們百思不得其解的是……

紅修女她們是怎樣知道自己有告訴過其他人有關遊戲的事？

本來還在怪責馬鐵玲的吳可戀三人組，也沒有再說下去。

「呵呵！大家別要沉靜下來吧，請慢用今天爲妳們準備的美食，妳們是最好的宿友！」白修女慈祥地說：「只要妳們不再犯錯就可以了！Welcome To Our Game！」

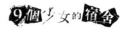

最好的宿友？

什麼是最好？

Storage Conditions:
Store at 20° to 25°C
(68° to 77°F)
See USP Controlled Room Temperature.

她們……心中有數。

《誰會在說別人壞話之前，先檢討自己？》

Chapter #3 - Teamwork #4

淘汰遊戲 4

入宿的第十七天。

趙靜香正在診所爲病人登記，突然，她的手機響起。

「淘汰遊戲第二回合開始，妳們要用手機拍下自己的房號數字（單字），不可以是自己寫的數字又或是紙張上的數字，於十五分鐘內上載到 Instagam 帳號，Welcome To Our Game！」

「什麼？十五分鐘內？」趙靜香看看手錶是七時三十分，診所正好是繁忙時間：「我怎可以出去？」

她看著排隊等待登記的病人，心中在急著。

「大家收到宿舍傳來的訊息嗎？」

「我有！不過十五分鐘內我不能出去！」

「我也在開會！」

「不如可以拍攝的人幫其他人拍吧！」

Storage Conditions:
Store at 20° to 25°C
(68° to 77°F)
See USP Controlled Room Temperature

「不！他們可以知道我們有跟別人說過有關遊戲的事，他們一定可以查到不是自己拍的。」

「白痴，就算這樣做，妳也不要在群組打出來吧！」

「妳說誰是白痴？」

「妳，白痴！」

「別吵了！無論大家現在在做什麼也好，快點去拍吧！大廈樓層又好，升降機按鈕又好，總之數字都滿佈在我們的身邊！」

年紀最細的鈴木詩織打出這段文字，讓大家也冷靜下來。

「美嘉，我要去洗手間！」趙靜香跟另一個診所職員說：「很快回來！」

「等等！現在有很多病人……」

趙靜香沒有理會同事，立即衝出大街，四處看看有沒有單字「6」的數字。

「哪裡有……哪裡有……」

她非常心急，因爲這次只有十五分鐘時間，而且在第一回合，因爲馬鐵玲的失誤而令全組落敗了，讓她更加不想成爲別人口中的「累事者」！

她走進了附近一所大廈，大廈名爲 DAN6，有「6」字！她立即拿出了手機拍攝大廈名！

下一個動作，就是把相片上載到自己的 IG 帳號。

「應該沒問題了！」

然後，她查看九個女生的群組。

「**我已經上載了！**」趙靜香輸入。

「**我也出 POST！其他人呢？**」

「**我剛拍了『4』字，現在上載！**」

這次大家的動作也很快，已經有三個人把相片放上的 Instagram。

趙靜香一面走回診所，一面看著他們的 IG 帳號有沒有上載相片。

大約過了十分鐘，九個女生也把數字的相片上載到自己的 IG 帳號。

Storage Conditions:
Store at 20° to 25°C
(68° to 77°F)
[See USP Controlled Room Temperature.]

「太好了！」

不到三十秒，宿舍已經傳來了訊息。

「淘汰遊戲第二回合，恭喜妳們，九個人也成功在十五分鐘內把指定相片上載，妳們在這回合勝出。」

九個女生的群組中，大家不斷回覆不同的 EMOJI，高興地慶祝成功完成了這回合的遊戲。

就在她們興高采烈之際，宿舍又再次發出了訊息。

「什麼？！」

趙靜香看完訊息後大叫了出來，街上的人都一起看著她。

「對……對不起！」

「淘汰遊戲……第三回合現在開始。」

現在開始？

《有福同享很正常，有難同當你就想。》

Storage Conditions:
Store at 20° to 25°C
(68° to 77°F)
See USP Controlled Room Temperature

Chapter #3 - Teamwork #5

淘汰遊戲5

「淘汰遊戲第三回合，九個女生進行不記名投票，選出最多票數的女生，完成以下項目。如果票數完全相同各得一票，不用完成項目，也可以勝出遊戲。項目內容……吃生雞頭！今晚十時，宿舍的食堂，Welcome To Our Game！」

趙靜香用手掩著嘴巴，也難掩她驚慌的表情。

「生……生吃雞頭？」

她想想也覺得很噁心，更何況是真的吃下去？

不過，遊戲規則只說是「選出最多票數的女生」，這樣說，趙靜香覺得被選出的那一個人不會是自己，而且題目也說，票數完全相同，就不用完成項目，這一點非常重要。

「現在我有工作在身，今晚回來宿舍再聊。」

「我也是。」

「大家心中覺得誰最適合完成呢？」

鈴木詩織打出這一句後，整個群組靜了下來。

沒有人回答這個問題，因爲大家也不想成爲被「標籤」的一個。

趙靜香心中也是這樣想。

……

‥

．

晚上八時，宿舍的食堂內。

本來已經贏出了第二回合，她們的喜悅也不到幾分鐘，已經有另一個問題出現。

「不記名投票」。

大家也可以投票，只有最多票數的人，才要吃……生雞頭。

「好吧，現在人齊了，可以進行不記名的投票，當然，不可以把投票的號數告訴其他人。」

白修女在主持。

「等等，我想問……眞的要吃生雞頭？」余月晨問。

白修女沒有說話，只是叫身邊的黑衣修女推出一架手推車。

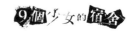

「打開它。」

Storage Conditions:
Store at 20° to 25°C
(68° to 77°F)
See USP Controlled Room Temperature.)

黑修女把手推車上的布揭開，車上放滿了……一千元紙幣。

她們九個女生也瞪大眼睛看著一張一張臭紙幣。

「十萬，每人可以得到十萬的津貼。」白修女說：「而且因爲後備入住女生組在第二回合沒法拍到數字一至九的相片，所以現在妳們兩組人是打和。只要完成第三回合，就算後備組也完成，現正入宿的妳們都可以享有『優先權』，繼續入住女子宿舍。」

只要完成第三回合遊戲，無分先後，她們就可以繼續留下來，反而後備入住女生組就沒有這麼幸運了。

她們有絕大的優勢。

「我想問，妳所寫的『如果票數完全相同各得一票，不用完成項目』是什麼意思？」很少說話的許靈霾問。

「意思是，如果九個女生每人也有一票，就不用完成項目，直接每人得到……十萬。」白修女說。

「但如何才可以一人一票？」黎奕希在想著。

「很簡單。」許靈霾沒有表情地看著她：「每個人都自己投給自己。」

然後，九個女生也互相對望。

許靈霾說的「很簡單」，其實一點都不簡單，要每個人也投自己，而沒有寫上別人的名字，真的是簡單嗎？

在這十七天的相處中，已經出現了各種的明爭暗鬥，她們真的可以只投自己不投票給別人？

「我贊成靈霾的說法，這樣就可以不用吃生雞頭而贏出遊戲！」比較單純的鈴木詩織說。

「但我們要怎樣確保大家也寫自己？」趙靜香問。

「對！如果我投了自己，又有人投了我，我不就是最多票的一位？我不就要吃生雞頭？」余月晨說。

全場靜了下來，因爲這才是眞正的問題所在。

許靈霾看見沒有人說話，她說。

「約束效應。」

《要別人完全相信你，你先要完全相信別人，你能做到嗎？》

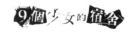

Storage Conditions:
Store at 20° to 25°C
(68° to 77°F)
See USP Controlled Room Temperature.

「約束每一個人都投票給自己。」許靈霾繼續說：「雖然是不記名投票，但沒有寫自己的，最後她的票數就會是『零票』，因爲那個人沒有投給自己。而零票的人，那十萬元的津貼要轉移給被投票最多的人身上，自己不能獲得，這樣，就可以約束了每一個人把票投給自己。」

「好方法！」黎奕希高興地說：「大家也是爲了津貼吧？這樣就不會投給別人了！」

「等等。」

吳可戀阻止了「合作風向」的流動：「但問題是，如果我跟其他人是有共同投票的目標呢？我爲什麼要用妳的方法投自己？我就依自己的想法去投給我想她吃生雞頭的人，不就可以了嗎？」

她用一個奸險的眼神看著……馬鐵玲。

「我也這樣想，如果有想投票的人選，我才不會投票給自己！」余月晨和應。

「幹！妳們眞麻煩，那不如先來一場投票吧，看看大家採不採用靈霾的方法！」黎奕希帶點生氣地說。

「投票一次，然後再投票？會不會有點搞笑？」程嬅畫笑說。

「妳想說什麼……」黎奕希說。

許靈霾按著衝動的黎奕希手臂，輕聲跟她說：「算了吧，我的方法建立在互相信任的前提之下，現在的情況，這方法已經行不通了，就算現在採用我的方法，還是可能會有人……『違反』。」

許靈霾與吳可戀對望，這是她們二人首次的對決，看來，是吳可戀佔優了。

現在，回到原點。

就是依照個人的意志去投票，其實，今次遊戲中「各得一票」的方法，如果是第一天大家還未熟悉時，也許會成功，但已經經過了十七天時間，現在根本就不可能。

女人暗藏的心機，包括妒忌、討厭、憎恨，根本沒有人完全猜透。

「現在給妳們三十分鐘時間，半小時後，到會堂開始正式投票。」紅修女說。

各人也離開了食堂。

比較熟絡的許靈霾、趙靜香、黎奕希來到了經常抽煙的花園討論著。

「我們投給誰？」趙靜香撥撥頭髮。

「我也不知道，不過看來我們也不需要吃生雞頭吧，她們的目標也只會是鐵玲。」黎奕希

Storage Conditions:
Store at 20° to 25°C
(68° to 77°F)
See USP Controlled Room Temperature.

說。

許靈霾沒有說話，正在思考著。她在思考之時，總是給人一種「冰美人」的感覺。

「太奇怪了。」許靈霾想到了什麼似的：「明明在剛才已經可以投票吧？九個人也在食堂，爲什麼還是給我們時間呢？」

「當然是討論要投給誰！」黎奕希吐出了煙圈。

「應該不是這麼簡單……」許靈霾說。

「是『收買』！」趙靜香突然說：「要別人不投自己，只要用錢收買別人不就可以了嗎？」

「的確是！就好像香港的選舉一樣，用蛇齋餅糭收買那些不太懂事的老人家，就可以得到選票！」黎奕希說。

「如果是這樣，其實我們都有危險，因爲出錢多的人就可以……控制結果。」許靈霾說。

「妳們會投我嗎？別要這樣！我們是朋友！」黎奕希立即說。

「我當然不會投妳，問題是……」許靈霾的手機收到了訊息。

是吳可戀發過來的訊息！

「**要合作嗎？**」

許靈霾已經知道，將會發展成這樣。

《先有願意被收買的人，才會有收買人心的人。》

Storage Conditions:
Store at 20° to 25°C
(68° to 77°F)
[See USP Controlled Room Temperature.]

淘汰遊戲7

「怎樣合作？」

「我們已經有四個人達成共識，會投給沒有跟我們合作的人，只要妳把津貼的三成分給我，就可以加入我們，同時不會『被投票』。」

「妳們看。」許靈霾說。

她收到吳可戀的訊息後，第一件最重要做的事，就是立即跟趙靜香與黎奕希分享這個訊息。

許靈霾知道吳可戀這個女生的心計，絕對不能小覷，吳可戀只把「合作訊息」發給許靈霾，而不發給其他人，除了是想獲得那三成的津貼，她還要……「分化」。

這是一場「信任遊戲」，如果由這一刻開始被分化，許靈霾知道，未來的遊戲絕對不可能有勝算！

「不分化」是許靈霾首先做的事。

「幹！吳可戀這個人真的陰險！怪不得她不贊成靈霾的和平方法！」黎奕希非常生氣。

「放心，我不會跟她合作的。」許靈霾說：「而且，吃生雞頭的人，不會是我們。」

「爲什麼？」趙靜香問。

「因爲要擔心的人，不會是我們。」許靈霾奸笑：「我們之間已經出現了……『信任』。」

她們兩個人不太明白許靈霾的意思。

「妳們相信我嗎？」許靈霾問。

「我們是朋友！」黎奕希說。

「我相信！」趙靜香說。

「這樣我們三個人，不也是已經擁有三分一的『勢力』了嗎？」許靈霾說：「總之，二十分鐘後，跟我的投票方法就不會有問題！」

她們兩個人用力地點頭。

友情就這樣加深了？或者現在的確是，不過，大家在利益之下，眞的可以看清楚「人心」？

此時，許靈霾在手機上回覆吳可戀……

「好，我們合作吧！不過，我有一個條件，我不會投給趙靜香與黎奕希！」

……

…

二十分鐘後。

九個女生回到了會堂，氣氛已經變得非常凝重，大家也沒有半句說話。

「現在開始……投票！」白修女說。

然後，她們九個人在手機中輸入了投票的號碼。

吳可戀跟余月晨、程嬅畫互望了一眼，微笑了。

吳可戀三人組，加上許靈霾，還有吳可戀所說的「第四個」已經一早連成了一線。

那個人是誰？

沒錯，就是最有機會得到最多票數的……馬鐵玲，因爲她令大家輸掉了第一回合，而且吳可戀有意無意地說會投給那個「累事」的人，就是馬鐵玲。吳可戀知道馬鐵玲是「最需要」幫忙的人，所以吳可戀除了她們自己的三人組，最「容易」拉攏的人，就是馬鐵玲。

由吳可戀暗示會投給馬鐵玲之初，她已經計劃好，把她變成自己的「棋子」，而且還獲得她的五萬元津貼。

馬鐵玲不是沒有選擇，但她的想法是，就算被搶去五萬元的津貼也好，但她至少……

不用吃生雞頭！

吳可戀、程嬅畫、余月晨、馬鐵玲，還有許靈靈，她們擁有穩勝的五票，她們會投給誰？

許靈靈已經表明，可以加入吳可戀，而且願意給她三萬元，不過，不會投票給黎奕希與趙靜香。

吳可戀當然也不會投票給她們自己的三人組，而馬鐵玲也不會投給自己，所以，只餘下兩位女生，就是跟馬鐵玲比較熟的蔡天瑜與鈴木詩織。

馬鐵玲看著一個人……

她投了的那一個人。

最後，她們五人決定了，把票投給了……

蔡天瑜！

《先要互有利益，才能組織勢力。》

淘汰遊戲 8

其實結果已經一早知道，蔡天瑜將會被出賣，得到五票或以上，最後，吃生雞頭的人會是她。

修女開始唱票。

吳可戀所得票數，零票。

程嬅畫所得票數，零票。

余月晨所得票數，零票。

黎奕希所得票數，零票。

許靈霾所得票數，零票。

趙靜香所得票數，零票。

就在此時，修女沒有依照房號順序說出馬鐵玲的票數，卻先說出九號房的鈴木詩織。

鈴木詩織所得票數，零票。

「哈！眞的很刺激呢，其他人都是零票，最後兩個女生未知結果。」紅修女高興地說：「大家想知道最後是誰要吃生雞頭嗎？」

吳可戀的眉頭緊皺，她好像發現了有什麼不對勁。

同時，許靈霾……奸笑了。

邪惡地奸笑了。

蔡天瑜所得票數……「四票」！

「什麼？！！！！！！」馬鐵玲大叫。

「馬鐵玲妳得到了五票，所以要完成吃生雞頭任務的人……是妳！」

「爲什麼會變成這樣！」馬鐵玲看著吳可戀：「不是說好不會投我的嗎？是投給蔡天瑜！不是我！」

「鐵玲妳太過份了！我一直也幫妳出頭，妳竟然轉頭來對付我！」蔡天瑜生氣地說。

「不……我……我只是……」

余月晨與程嫜畫也非常驚訝，完全不知道發生了什麼事，而吳可戀沒有說話，她在思考爲什麼會有這樣的結果。

「是我。」許靈霾不等她，先跟她們解釋：「我沒有投蔡天瑜，投了馬鐵玲。」

Storage Conditions
Store at 20° to 25°C
(68° to 77°F)
See USP Controlled Room Temperature

就因爲這樣，本來蔡天瑜得到五票的計劃，變成了只得……四票！

「妳發訊息給我的目的，除了是想得到我的三萬元以外，其實是想『分化』我跟其他人的關係，我說得對嗎？」許靈霾指著吳可戀：「當然，三萬元我會給妳的，不過妳的計劃沒有成功，卻被我利用了。」

吳可戀目無表情看著她。

「爲什麼……爲什麼我會是最多票數的一個！？」馬鐵玲面容扭曲地問。

「吳可戀說已經跟四個人達成共識，包括了余月晨、程嫜畫，此時我在想，第四個會是誰呢？」許靈霾解釋：「不難想到，這個人會是『最需要』加入的人，一個被人討厭，會得到最多人投票的人，就是妳，馬鐵玲。」

本來不多說話的許靈霾，像變成了另一個人一樣。

「我跟吳可戀說過，加入她們是可以的，但不會投票給黎奕希與趙靜香，所以餘下來，只有兩個人會成爲最多票數的人。」許靈霾說：「鈴木詩織與蔡天瑜。」

「然後，妳把我的訊息給鈴木詩織與蔡天瑜看了？」吳可戀說。

「沒錯，她們知道馬鐵玲背叛了她們，而且將要成爲最多票數的人，當然會加入我的一方吧，而且……我不貪，不需要她們給我三萬元。」許靈霾說話有骨：「她們四個人，加上反口的我，五個人剛剛好，可以成爲大多數，最後得到我想要結果！」

「妳們……出賣了我！」馬鐵玲指著鈴木詩織與蔡天瑜。

「明明就是妳先出賣我們！」蔡天瑜反駁。

吳可戀突然站了起來，走到了許靈霾的身邊。

「妳想做什麼？」許靈霾問。

吳可戀要出手攻擊許靈霾？

宿舍的人會阻止？

吳可戀在許靈霾的背後，彎下了腰，在許靈霾的耳邊說。

「近看妳的皮膚很滑呢，而且妳的頭髮很香。」吳可戀在她的耳邊深呼吸：「嘻，謝謝妳幫我解決了馬鐵玲，我一直也看她不順眼！」

許靈霾沒有任何的表情。

「對，看來妳也很容易中計，嘻。」吳可戀高興地說：「給妳寫下的劇本全都跟著做了，真的想錫錫妳，嘻！」

原來，吳可戀已經一早看穿了許靈霾，反利用了她！

吳可戀用手把許靈霾的頭髮繞上了她的耳背。

「啊？妳的皮膚這麼滑，應該好多男人喜歡吧？應該……收費也很貴吧？對嗎？」

Storage Conditions:
Store at 20° to 25°C
(68° to 77°F)
See USP Controlled Room Temperature

許靈霾瞪大了眼睛，心中想……她……

怎知道的？！

吳可戀說完後，走回自己的座位，然後大聲說。

「靈霾，妳的計劃眞的不錯，這樣就可以騙到馬鐵玲了！」

吳可戀……反擊了！

《世界的虛僞，埋藏計中計。》

淘汰遊戲9

Chapter #3 - Teamwork #9

吳可戀一早已經知道自己發訊息拉攏許靈霾帶來的嚴重問題，不過，這是她計劃的一部分。

「鐵玲，不是我想出來的計劃，全都是靈霾教我的！」吳可戀說：「我們其實在合作，而目標一直……也是妳！」

「靈霾眞的嗎？全都是妳跟可戀的計劃？怎樣不一早跟我說？」黎奕希問。

許靈霾沒有回答，因爲在她的心中只有一個想法……

她這次徹底被打敗了！

本來辛苦積存下來的「信任」，被吳可戀完全抹去！

許靈霾當然可以即場跟吳可戀爭辯，不過，她沒法猜得透吳可戀這個女生，直接的說，就算爭辯，沒有準備的自己，一點勝算也沒有。

「爲什麼？爲什麼要這樣對我？」馬鐵玲瘋了一樣大叫：「最初妳說什麼自己投自己都是騙人的？！」

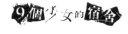

Storage Conditions
Store at 20° to 25°C
(68° to 77°F)
See USP Controlled Room Temperature.

馬鐵玲想衝向許靈霾，卻被三個黑衣的修女阻止，她們三人六手把馬鐵玲拉到一張已經準備好的長桌子前。

「好了，結果已經出現，恭喜妳馬鐵玲，妳可以吃生雞頭！」白修女非常高興：「還有，其他的八位女生，妳們不能離開，要看著馬鐵玲吃完整個生雞頭才可以得到津貼！」

「什……什麼？」趙靜香搖頭：「這……這樣很嘔心……」

紅修女已經走回了會堂，在他的手上，拿著一隻……新鮮的雞！

不，更正確來說，是一隻生雞！

牠被捉住頸子，發出了痛苦的咯咯叫聲，而紅修女的另一隻手拿著一把鋒利的刀，蠢蠢欲動。

「不……不要……」馬鐵玲看著眼前那頭母雞。

紅修女手起刀落，清脆地一刀把雞頭斬下！

鮮血濺到紅修女紅色的修女服，還有馬鐵玲的臉上，馬鐵玲整個人也呆了！

「吃、下、牠。」

紅修女把瞪大眼睛的生雞頭遞向馬鐵玲，雞頭不斷地流下血水，滴在白色的桌面之上，血腥的氣味立刻籠罩著整個會堂！

雞的身體掙扎了一會後，已經完全停止了動作，躺在血泊之中。一隻在十秒前還非常生猛的母雞，已經成爲了人類的「食物」！

生吃的食物！

「十萬元，不，是九個人九十萬，現在就放在妳面前！嘰嘰！」紅修女高興地對著馬鐵玲說：「還有，吃下牠，妳們九個女生都可以繼續在宿舍住下來！」

「其餘的女生，請鼓勵她吧！如果她不吃，妳們第三回合會視爲落敗，除了沒有津貼，還要在這個月底離開宿舍！」白修女在鼓動其他人。

她們不讓其他八個女生離開，就是因爲這個原因，要讓她們游說馬鐵玲！

「妳……妳要吃下去，大家才有津貼！」余月晨冂也在震。

「我怎能吃這血淋淋的雞頭？！」馬鐵玲的眼淚流下。

「但妳是最多票的人，妳不能不吃……」黎奕希說。

「如果是妳，妳可以吃嗎？」馬鐵玲大聲說。

「我會！」黎奕希說：「也輸掉了，沒辦法！」

說得簡單，因爲要吃生雞頭的人不是自己。就如某些人對愛情一樣，總是叫人「Let it go」，問題在，失戀、被拋棄、被欺騙的人不是自己，當然可以輕輕鬆鬆說「隨它去吧」。

Storage Conditions:
Store at 20° to 25°C
(68° to 77°F)
See USP Controlled Room Temperature.

大家開始不斷游說馬鐵玲吃下生雞頭，明明在數分鐘前，大家也投票給馬鐵玲讓她吃生雞頭，現在，卻扮成可憐她，像完全不關自己事地鼓勵她！

這就是……「人性」。

爲了自身，背叛別人，然後，又因爲利益，扮成朋友。

人類的社會，不也是一樣嗎？不斷發生同樣的事情，背叛、合作、又背叛、再合作。

就在僵持的局面之下，吳可戀出手了。

「我把自己一半的津貼給妳，十萬分五萬給妳。」吳可戀認眞地說：「而本來妳給我的五萬元，我也還給妳，我始終覺得靈霾的計劃很過份，我過意不去。我只想在宿舍住下來，錢就分一半給妳吧。」

馬鐵玲看著她。

「不，我覺得大家也要把錢分給鐵玲，這樣才會公平。」她說。

吳可戀……一直也在控制整個遊戲。

《那一個背叛你的人，你還有相信的可能？》

淘汰遊戲10

Chapter #3 - Teamwork #10

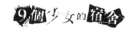

「妳們都要分錢給我！不然，我不會吃！大家也一起沒有了津貼，也不能住下來！」馬鐵玲就像被點醒了一樣。

「靈霾，妳同意我的做法？」吳可戀繼續向許靈霾發出攻勢。

「好，我也把一半的錢轉讓給鐵玲。」許靈霾沒精打采，像個洩氣氣球一樣。

「我覺得我跟靈霾是最大責任的，其他人不用給一半，可以是三成，大家覺得如何？」吳可戀的樣子變得楚楚可憐：「別忘記，如果鐵玲不吃，我們九個人就要離開了。」

「好吧，我同意。」趙靜香舉手說。

「我也同意！」

「沒問題！」

大家也紛紛和應。

「鐵玲，對不起，這是我們的心意，也沒辦法，這是一場遊戲，遊戲就會有輸贏。」吳可

Storage Conditions:
Store at 20° to 25°C
(68° to 77°F)
[See USP Controlled Room Temperature.]

戀說：「現在加起來，妳就會多了……二十八萬津貼。」

「如果是多了二十八萬，我想……我也會吃。」蔡天瑜說。

馬鐵玲沒想到，自己本來是最慘的一位，現在卻變成了……最幸運的人！

她合上了雙眼，深深呼吸說：「好吧。」

「太好了！」

馬鐵玲看著白色花邊碟子上，那個還在流血的生雞頭，她的身體在抖震，心中想著「二十八萬！二十八萬！二十八萬！二十八萬！」，然後一手把那個剛斬下來的雞頭拿起……

放入了嘴巴中！！！

她把三分一個雞頭咬下，桌面上已經放好了一個收音咪，她的咀嚼聲全場人也聽得非常清楚！

「嘎吱……嘎吱……嘎吱……」

馬鐵玲一面吃一面哭，血水在她的嘴角流下，在場的女生也不敢直視她。

她把咀嚼完的三分一個生雞頭吞下去，她的眼淚滴在餘下的三分二個雞頭之上。

「夠……夠了……我……我吃不下了……」馬鐵玲滿口鮮血地說。

「不行，要整個雞頭吃下去才可以！」紅修女突然變得認真：「『協助』她……吃下去！」

四個黑衣修女走到馬鐵玲的身邊，一左一右把她的身體壓在椅子上，然後其中一人把她的嘴巴用力張開，另一個人把那個雞頭……

塞入她的口中！

「唔……唔……唔……」

馬鐵玲瘋狂掙扎，可惜力氣不夠，生雞頭已經整個放入了她的嘴巴之中！

「別要這樣！」許靈霾大叫。

「妳們想阻止嗎？別忘記，如果沒法吃下整個雞頭，妳們要在兩星期後離開！」紅修女警告。

趙靜香拉著許靈霾的手臂，她緊緊地握著拳頭，手指甲快要刺入手掌的皮膚。

沒有人試圖阻止，只能眼睜睜看著馬鐵玲吃下最後一部分雞頭，嘔吐物與血水混在一起，極之噁心。

三分鐘後，馬鐵玲終於把整個生雞頭吃下，她沒有任何反應，呆了一樣依靠在椅背上。

唾液、眼淚、鮮血、嘔吐物，通通混在一起，馬鐵玲像失去了靈魂一樣，看著空空的碟子。

全場也靜下來，沒有人發出任何聲音。

她們九個女生，也沒有想過會有這樣的經歷。

Storage Conditions:
Store at 20° to 25°C
(68° to 77°F)
See USP Controlled Room Temperature

她們不會知道，未來的日子，會有更可怕的事……

發生在她們的身上！

……

……

……

四樓尾房。

尼采治看著中央的螢光幕，畫面是會堂的實況。

「不錯不錯！九個女生成功繼續留宿了，不用被淘汰！哈哈！」尼采治用火機燃點一份資料：

「後備入住女生組已經不需要了！」

資料上……什麼也沒有寫。

其實，根本就沒有後備組，全都是要讓九個女生投入遊戲的計劃。

「不知道生雞頭是什麼味道的呢？哈哈哈哈！」

就在他獨自高興之時……

「啊？」

他看到其中一個女生竟然在跟他對望！

那個女生，在看著鏡頭！

「這樣……更有趣了，嘿。」

……

……

．

九個少女成功完成第一場「淘汰遊戲」，留宿人數……

九人。

《你沒法阻止的事有很多，但你能夠阻止的事也不少。》

Storage Conditions:
Store at 20° to 25°C
(68° to 77°F)
See USP Controlled Room Temperature.)

Chapter #4

碟仙遊戲

Angel Board

碟仙遊戲 1

Chapter #4 - Angel Board #1

入宿的第三十二天。

一個月過去，九個少女依然可以免費住在今貝女子宿舍，下一個遊戲的時間，很快就會來到。

馬鐵玲自從吃生雞頭後，她的精神開始出現了一點問題，她不再相信身邊的人。

事件過去後，她們也繼續過著自己的生活，而每兩個星期也會回到食堂一起吃飯，不過，已經跟最初的氣氛大不同，大家變得不多說話。

九個女生的 WhatsApp 群組，也一個星期沒有人留言。

在聚餐中，紅修女再次提醒她們，不能告訴任何人所有有關遊戲的內容。她已經不是第一次提醒，而且，她說宿舍「有方法」知道她們有沒有告訴其他人。

就在入宿的第二十天，紅修女證實了她的說話。

她向每個人說出了她們一整天的行程，就算不在宿舍的生活，紅修女也可以完整地說出來。九個女生都覺得很驚訝，她們心想，是怎樣做到的？難道他們派人跟蹤自己？

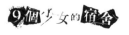

Storage Conditions:
Store at 20° to 25°C
(68° to 77°F)
See USP Controlled Room Temperature.

的確是「跟蹤」，不過，不是人，而是……一台機器。而且，不是宿舍的人把這台「跟蹤機器」放在她們的身邊，而是她們自己擁有的。

沒錯，就是她們的手機。

現在的都市人二十四小時也不會關上手機，宿舍從第一天讓她們登入「DEAD9IRLS」的Wi-Fi時，已經入侵了她們每一個人的手機。

爲什麼紅修女要告訴她們？

她們現在就完全沒有私隱了？

當然，九個女生知道這件事後，反應都非常大，不過，她們都沒有選擇離開，繼續住下來。

爲什麼？

就是爲了「錢」，紅修女說出實情時，也先向每人派發五萬元的津貼，而且他提出會把每個人的私隱保密，而且不到嚴重的情況，不會去刻意竊聽。

他們的做法只是要讓九個女生知道，絕不能把遊戲告訴別人。

她們已經完全被「今貝」這兩個加起來的字……蠶食了。沒有任何一個女生因爲私隱的問題而選擇離開。

九個女生都知道，如果不想被竊聽又或是被追蹤，有一個最簡單的方法，就是別跟任何人說出遊戲的事。

……

…

‧

晚上，宿舍的花園內。

這裡是宿舍唯一一處不會被竊聽的地方，當然，別要把手機帶出來。

吳可戀與另一個「女生」正在聊天。

「這一個月妳的演技也不錯，之後要繼續下去。」她摸著吳可戀順滑的長髮。

吳可戀沒有說話，頭依靠在「她」的肩膀上。

「怎麼不說話？」她問。

「我在想，我還可以住多久？」吳可戀說。

「應該還有很長的時間呢。」她奸笑。

「但……我真的不想演下去……」

就在此時，女生突然一手捉著吳可戀的長髮！

「別要這麼多廢話！繼續照我的說話去做就好了！」她樣子突然變得猙獰。

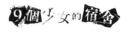

Storage Conditions
Store at 20° to 25°C
(68° to 77°F)
See USP Controlled Room Temperature.)

然後，她一手把吳可戀推到地上，吳可戀泛起了淚光。

「別忘記我有妳爸的『秘密』，如果不想他身敗名裂，就跟我繼續合作！」女生說：「知道嗎？」

吳可戀倔強地點頭。

「妳啞的嗎？」

「我……知道。」

在人前非常聰明的吳可戀，卻在背後一直被人……「操控」。

「下一個遊戲，我們一定要贏！」

她蹲了下來，捉著吳可戀的頭髮。

「如果妳有什麼反叛的行爲，妳跟妳的家人將會……萬劫不復！」

這個女生是什麼人？

是她們九個女生其中一個？

《你喜歡……窺探別人的私隱？嘲笑別人的傷痕？》

碟仙遊戲2

Chapter #4 - Angel Board #2

入宿的第三十七天。

一切如常，她們九個女生也習慣了宿舍的生活方式，而且在這一個多月來得到的津貼，也解決了不少她們自身的財政問題，她們開始愈來愈覺得，不能失去住在宿舍的機會。

天賜的機會。

當然，也不是每個人都只爲了錢，九個女生之中，也有人更想知道宿舍一直以來的來龍去脈，她想知道，這一所在香港地圖上不存在的女生宿舍，當中的眞相。

許靈霾，很想知道。

下午，她把手機關上，然後在一個可能幾年也沒有人用過的電話亭中，打出一個電話。

「妳終於打給我了嗎？」男人說：「情況怎樣了？」

「還有很多的謎團未解開。」許靈霾冷冷地說：「還要繼續待在宿舍。」

「靈霾。」男人語重心長說：「我知道妳的想法，而且我很了解妳的性格，不過，別要太勉強自己。」

「我知道。」

「總之，有什麼事妳就立即聯絡我。」男人說：「別要亂來，在最危急的情況，記得要離開。」

「如果就這樣離開，我對不住死去的『她』。」許靈霾說：「好了，不說太久了，我已經關上電話兩分鐘，我怕他們會懷疑。」

「OK，Keep in touch!」

許靈霾掛線後，立即開啓手機，她絕不能讓他們知道，自己是跟誰聯絡。

這個神秘的男人是誰？

許靈霾所說的「她」，又會是誰？

她的手機響起。

「今晚宿舍晚餐後，正式開始第二場遊戲，大家切記準時出席。」

許靈霾看完訊息後，看著藍藍天空，心中知道，今晚將會有意想不到的事情發生。

……

……

晚上八時，宿舍食堂。

今晚吃的是最頂級日本A5和牛，而吃素的趙靜香與蔡天瑜換成了高級的素菜。這次的飯聚，比平時的更安靜，也許九個女生都知道，新的遊戲要開始。她們期待遊戲後可以得到津貼，同時，她們也沒法忘記上一次吃生雞頭的恐懼。

「這次不知又有什麼可怕的遊戲。」黎奕希大口吃著三成熟的A5和牛。

「希望不要太過份吧。」趙靜香看著帶點血淋淋的和牛：「我看到妳們吃肉我也渾身不自在。」

「總好過……吃生雞頭。」許靈霾沒有表情地說。

「媽的，別要說好嗎？」黎奕希回憶起當天的畫面，然後看著對面的趙靜香：「妳們之後有沒有跟她聊過？」

「當然沒有，我也跟她不熟！」趙靜香說：「不過跟她比較熟的鈴木詩織，倒是有聯絡。」

「鈴木詩織嗎？有時上班出門時跟她碰面，我們也有聊天。」黎奕希說：「我覺得我們九個女生之中，她最沒有機心。」

「現在我跟靈霾不是妳朋友嗎？我們對妳有機心嗎？」趙靜香說。

「妳們當然是我的朋友！不過我覺得除了妳們，她是最可以成爲眞心朋友的妹妹。」黎奕

Storage Conditions:
Store at 20° to 25°C
(68° to 77°F)
See USP Controlled Room Temperature

希說。

此時，白修女拍拍手。

「大家……」白修女已經吃完她的晚餐：「妳們全部吃飽後，我們就開始新的遊戲。」

「是什麼遊戲？」蔡天瑜問。

「黑修女，有請。」白修女說。

幾個黑修女把一張「紙」放在圓桌的中央位置，大家看到也有點驚訝。

因爲這是一張……

碟仙紙。

《做人別要太天真，世上充滿了仇恨。》

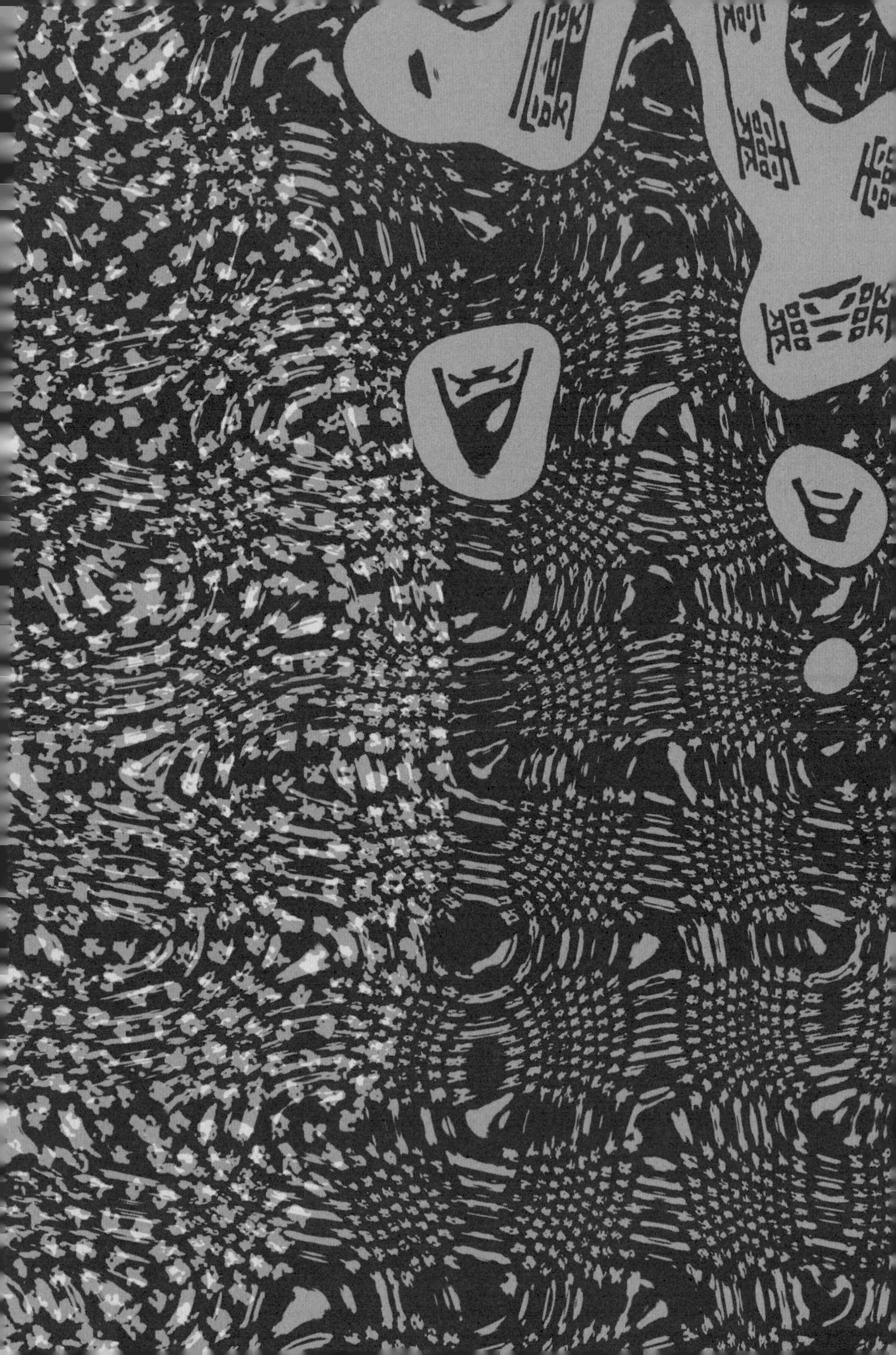

靈

Chapter #4 - Angel Board #3

碟仙遊戲3

「妳們有玩過碟仙嗎？沒玩過也應該有聽過吧，就是妳們九個女生用食指按在碟子之上，然後向碟仙提問，碟仙就會在紙上回答妳們。」白修女拿出一隻碟子：「只要碟子上的箭嘴指向那個字，就是碟仙給妳們的答案。」

黑修女把一隻畫了紅色硃砂箭嘴的碟子，放在碟仙紙的中央。

「可以不玩嗎？我最怕就是這些！我聽說碟仙招來容易送走難！」余月晨雙手交疊在胸前。

突然，食堂的燈光變暗，大家也大叫了起來！

「哈哈！暗一點才有氣氛吧。」紅修女說：「當然，大家可以拒絕參與，不過，將會失去豐厚的津貼，還有繼續住在宿舍的權利，其實，妳們簽署的入宿同意書，已經一早寫明了。」

誰會去看那又長又多字的同意書？

余月晨沒有說話，她心知道自己怕窮多於怕鬼，現在又有賺錢的方法，她又怎會放棄？

「好像很好玩呢，我中學時候也有玩過！這次會有多少津貼？」蔡天瑜完全不怕。

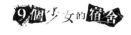

Storage Conditions:
Store at 20° to 25°C
(68° to 77°F)
See USP Controlled Room Temperature.]

「不用心急，遊戲的規則與津貼我們會詳細地跟大家解釋。」白修女說：「妳們用膳完畢，我們便正式開始這次碟仙遊戲。」

二十分鐘，她們把最後的食物也放進了肚子後，遊戲正式開始。

白修女與紅修女，把她們九個人帶到宿舍的……地下室。

「原來這裡有地下室！」黎奕希說。

「從前，這裡是一個酒窖，後來變成了宿舍後，再沒有用來存放紅酒。」白修女說。

她按下了地下室的燈掣，昏黃的的燈光讓地下室變得更加詭異，她們從走廊走到第三個房間，房間的門由鐵做成，就像電影中那些監獄一樣。

遊戲地點就在這裡。

白修女打開了大門，是一個空置的房間，牆身沒有油漆，全都是泥水牆。在牆的前方，放滿了桃紅色的酒架。在房間的中央位置，已經放好一張正方形的麻雀桌，在麻雀桌上，碟仙紙已經準備就緒。

「會不會眞的有鬼出現？」趙靜香皺起了眉頭變成了八字，她拉著黎奕希的手臂。

「世界上怎會有鬼？」許靈霾說。

「都是那一句，寧可信其有……」黎奕希的心跳加速。

許靈霾完全沒擔心有沒有鬼的問題，她看了吳可戀一眼，她最想知道，這個像「對手」的女生，會有什麼計劃。

她們九個女生一起圍著麻雀桌，看著那一張黃色的碟仙紙。

突然！

「嘩！！！」馬鐵玲大叫。

全部人也看著她！

「有……有黑影……有黑影飛過！」馬鐵玲指著天窗的位置。

她們全部人都看著馬鐵玲所指的位置，可惜什麼也沒看到。

「會不會……是妳看錯了？」程嬅畫也開始變得緊張起來。

自從馬鐵玲吃過生雞頭後，情緒一直也有點繃緊，本來不太相信有鬼的她，也開始在疑神疑鬼。

「不！眞的有！我眞的看到！」馬鐵玲大叫。

「大家……」紅修女用力拍手：「好了，可能是附近的野貓走進來了，不用太緊張。」

「請大家把注意力回到這次的遊戲，現在……我開始解說碟仙遊戲！」

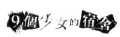

白修女說。

Storage Conditions
Store at 20° to 25°C
(68° to 77°F)
See USP Controlled Room Temperature

《你比較怕窮？還是怕鬼？》

Pharmaceutical
00 — XX
Fentanyl Transdermal

IVO

碟仙遊戲 4

Chapter #4 - Angel Board #4

「現在，請看看妳們的手機。」白修女說。

她們拿出了手機，有一個寫著「今貝女子宿舍」粉紅 LOGO 的 APP，已經自動下載到九個女生的手機之中。

「妳們按下這個 APP，會出現一個分數的畫面，每人最初會有十分。」白修女開始解說：「這個分數是用來給妳們……『投注』。」

「投注是什麼意思？」吳可戀留心聽著她的說話。

「投注碟仙的『答案』。」

「九個女生，輪流問碟仙問題，而問題會有二選一的答案，只要投注在碟仙『相反的答案』上，就代表了投注勝出。」

「我……不太明白，可以詳細一點說明嗎？」鈴木詩織問。

「簡單再說明一次，我舉個例子。」白修女溫柔地說：「第一個問題，我問碟仙，今天是星期三嗎？當然，今天是星期四，不是星期三，所以正確答案是『不』。這張碟仙紙是特別爲遊戲製作的，上面會有不同的『對錯』、『是非』等文字寫在上面。好了，現在的正確答案是『不』，如果碟仙移動去『不』字，而妳下注是相反的『是』字，就代表了妳已經投注中獎了，中獎的分數將會是妳投注的分數翻一倍，經過九回合，每人也問了碟仙問題後，正式完結這次的遊戲。」

「分數是用來做什麼？」余月晨問。

「當然是……錢。」紅修女說：「在遊戲結束時，每一分可以兌換一千元的津貼，如果妳在九回合都買中了，而每次都是把分數全部押下，累積到遊戲結束時，妳可以得到……五百一十二萬！」

在場的九個女生出現了不同的反應，有的非常驚訝、有的在笑、有的在盤算著。

「不過，有賞必有罰，從這一次遊戲開始，最少分數的人，只能留在宿舍多一個月，即是，最少分數的人需要被強制離開今貝女子宿舍！」紅修女奸笑：「所以，大家真的要小心投注，希望碟仙姐姐也幫助妳們留下來。」

本來很高興的她們，停下了笑容，因爲這次將會有人失去留宿的資格。

「會是自己嗎？」

她們的內心都這樣想著。

「這次的碟仙遊戲有幾個重要的規則，妳們不能違反。遊戲開始時，只有出題者可以說話，其他人一律不能說話，如說話者，無論有多少分數都會歸零，也不能用身體語言表達出自己的答案，只有發問者可以說話。還有，不能偷看其他人的手機，碟子移動時不能把手指移開，而出題者要依照手機上的指示，正確地說出問碟仙的問題，不能擅自更改問題。」白修女說。

「妳說依照手機上的指示問問題，即是我要跟著手機的問題問碟仙？」黎奕希問。

「沒錯。」白修女說：「看來大家還是不太清楚，不如我們先來一次不計分的遊戲，大家把食指放在碟上。」

九個女生和白修女一起把手指放在碟子上。

「碟仙」真的存在嗎？

也許，在這一刻根本沒有人知道。

「碟仙碟仙，請妳出來。」白修女說。

全部人的心跳瘋狂加速，汗水流下。

「每次都要先說『碟仙碟仙』，她才會聽到的。」白修女微笑說：「好吧，我的問題是……

『碟仙碟仙，我可以問妳問題嗎』？」

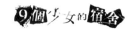

Storage Conditions
Store at 20° to 25°C
(68° to 77°F)
See USP Controlled Room Temperature.]

《聽說，看鬼故事時，它們會在你的身後，跟你一起看。》

碟仙遊戲5

她們的手機震動，九個女生一起看著自己的手機。

「碟仙碟仙，我可以問妳問題嗎？

可 OR 不

請下注」

「只有十秒的時間選擇，大家快在手機上投注吧。」白修女說。

許靈霾與吳可戀對望了一眼，她們也不知道碟仙出現的結果是什麼，不過可以肯定，她們兩人也在盤算著什麼。

「因爲我是出題者，所以我可以繼續說話。」白修女說：「我覺得碟仙會選擇……『可』，所以我會投注在『不』之上。」

九個女生聽著白修女的說話。

很快，十秒時間轉眼過去，九人已經投注，在中央的碟子……

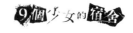

Storage Conditions
Store at 20° to 25°C
(68° to 77°F)
See USP Controlled Room Temperature

開、始、移、動！

大家都想叫出來，不過她們不能說話，只可以用手掩著自己的嘴巴！

碟子向著一個方向移動……

她們的手不斷地在抖顫！

世界上眞的有碟仙？！

世界上眞的有鬼嗎？！

碟子帶動著十根手指在移動，地下室很靜，只聽到了碟子移動時摩擦的聲音，直至……

碟子停了下來！

停在一個位置，碟子上的硃砂箭嘴指著一個字……

「可」字！

「呵呵！碟仙啊！碟仙啊！謝謝妳願意跟我們一起玩下去！」白修女高興地說。

九個少女，沒一個不驚訝！她們瞪大雙眼看著指著「可」字的碟子！

「如果剛才大家是投注在『可』字，就會輸掉了投注的分數，而如果妳是投注在『不』字，恭喜妳，妳投注的分數會翻一倍。等等我，我要離開一下。」白修女說：「碟仙碟仙，我先要離開了，希望妳可以幫助她們找出答案。」

然後，白修女的食指離開了碟子。

「現在只是測試，妳們可以說話呢，當然，到正式遊戲就不能說話了。」她說。

「剛才……碟子……碟子眞的在動嗎？」余月晨非常害怕。

「碟子有沒有做了什麼手腳？」趙靜香問：「剛才眞的在動！」

「很恐怖！不過好像很好玩！嘻！」蔡天瑜說。

「我以前也有玩過，就是……就是這樣移動的。」黎奕希的汗水流下。

「如果突然離開，她……她會不會一直跟著我們？」鈴木詩織問。

「不……不要……我不想見鬼……我不要……」馬鐵玲不斷地搖頭。

「請問，問問題的次序是怎樣決定？」吳可戀問。

「會是由我們抽籤決定。」白修女說。

「所有問題都是由妳們提供？」許靈霾問。

「對，也是由我們提供。」白修女說：「還有沒有其他問題？」

她們都被剛才移動的碟仙嚇到沒法思考，只有吳可戀與許靈霾冷靜地了解整個遊戲的「原理」。

「如果沒有問題，遊戲就正式開始了。」在旁的紅修女說。

Storage Conditions:
Store at 20° to 25°C
(68° to 77°F)
See USP Controlled Room Temperature.]

地下室的燈光再一次轉暗，只有中央麻雀桌的大光燈光猛地照著她們九個少女。

「靈霾，現在怎辦？」趙靜香問身邊的許靈霾。

「我也不知道。」許靈霾。

「沒有什麼計劃嗎？」黎奕希輕聲地問她：「現在我好像感覺到有東西在我身後面一樣！」

「我沒有什麼計劃，不過我覺得……」

許靈霾認真地看著她：「世界上……沒有鬼。」

《無論你信不信有鬼，都會產生恐懼。》

碟仙遊戲6

「鬼」，眞的存在於我們人類的世界？

如果沒有「人」，世界上有沒有「鬼」？

這是一直以來很多人懷疑的問題，可惜，沒有人可以給出眞正的答案。

遊戲正式開始，而第一個發問問題的人是……蔡天瑜。

她的右手按在碟上，另一隻手拿起震動的手機。很靜，沒有任何人發出聲音，只聽到震動時發出的聲響。

蔡天瑜看著手機，然後用手背抹去額上的汗水。

「天瑜，妳可以說話了。」白修女說。

「知道！」蔡天瑜吞下了口水，微笑問：「碟仙碟仙，我想知道三乘二的答案是多少？」

「碟仙碟仙，三乘二的答案是多少？

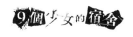

六 OR 三

Storage Conditions:
Store at 20° to 25°C
(68° to 77°F)
[See USP Controlled Room Temperature]

請下注」

她們的手機，出現了同一個選擇的畫面，她們要在十秒內投注。

當然，答案是「六」，不過，她們不知道碟仙會出現什麼答案，而且她們要投注的，是碟仙答案的「相反」。

十秒後，九個女生也投注完成。

「大家……投了什麼？」蔡天瑜問。

就算想回答，也沒有人可以出聲回答她。

就在此時……碟子開始移動！

自動地移動！

碟子向著一個方向慢慢地移去，它向著「六」字移去！

碟子在六字附近停了下來，箭嘴正指著「六」字！

「答案已經出現！碟仙再次答出了正確的答案！」白修女在旁解說：「即是投注在『三』的人可以得到翻倍的分數！」

雖然她們非常驚慌，不過，當投注得利時，在她們的臉上難免會出現喜悅。

大家知道正確答案是「六」，碟仙也知道，所以會移動到「六」，投注「三」就可以得到翻倍的分數！

她們不能說話，也不能用身體語言表達，不過，很明顯，在第一回合中，九個女生都……

得到了翻倍的分數！

在紅修女手上的平板電腦顯示著一個分數的表格。

第一回合　出題者：蔡天瑜

Round	1	2	3	4	5	6	7	8	9
1. 吳可戀	**20** win								
2. 程嬅畫	**13** win								
3. 余月晨	**12** win								
4. 黎奕希	**12** win								
5. 許靈霾	**20** win								

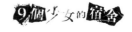

Storage Conditions
Store at 20° to 25°C
(68° to 77°F)
See USP Controlled Room Temperature

6. 趙靜香	7. 馬鐵玲	8. 蔡天瑜	9. 鈴木詩織
11 win	11 win	20 win	20 win

在第一回合，她們九個女生都分別得到一至十分。

例如吳可戀投注了十分，分數翻倍，所以她得到了二十分；馬鐵玲投注了一分，獲得了一分，所以她總共有十一分。而在分數下面，也標明了「win」和「lose」，分別代表勝出和落敗。

這回合，全部都是「win」。

紅修女看到結果後……笑了，她們九個女生正向著他們的劇本發展，同時，也正墮入他們所設下的「圈套」之中。

「現在，蔡天瑜已經完成發問，妳不能再說話，而下一位發問的人是……黎奕希。」白修女說。

「呼……幹，不能說話真的很麻煩呢，沒法交換訊息。」黎奕希呼了一口大氣：「看來碟仙一直也在幫助我們！」

其他八個女生也看著她。

「請問我可以先跟她們說話，才開始問碟仙問題嗎？」她問白修女。

「當然可以，因爲這是妳的時間。」白修女溫柔地說：「但她們不能回答妳。」

「好的！」黎奕希自信地說。

「各位，我有一個……**必勝的方法**！」

《**總有些人，跟好友千言萬語，跟不熟的人一句嫌多。**》

Storage Conditions:
Store at 20° to 25°C
(68° to 77°F)
See USP Controlled Room Temperature.

Chapter #4 - Angel Board #7
碟仙遊戲7

必勝的方法？

這麼快已經想到必勝方法？

「碟仙在前兩個回合也回答了正確的答案，我相信她會一直這樣！」黎奕希說：「如果是這樣，我們可以全部投注在『錯』的答案之上，這樣我們就可以不斷贏得分數了！」

「大家要記得不能給奕希任何反應啊，點頭與搖頭也不可以。」白修女再三提醒她們。

「沒所謂！妳們明白就好了！」黎奕希看著許靈霎與趙靜香，在這裡最好的兩個朋友：「無論是什麼問題，只要投注在『錯』的答案之上，大家就可以不斷贏分數！」

當然，如果可以，黎奕希只想跟她們兩個人說，不過，她沒法這樣，她只能跟在場的所有女生分享。

此時，黎奕希的手機震動，她高興地看著手機內的問題。

不到數秒，本來充滿自信的她，皺起眉頭。

「請說出妳向碟仙問的問題。」白修女說。

「這……怎會……唉……」黎奕希在猶豫，然後說出了問題：「碟仙碟仙，我想知道妳……喜歡什麼顏色？」

「碟仙碟仙，妳喜歡什麼顏色？

紅 OR 藍

請下注」

全場人也一起看著黎奕希，因爲這次的問題……

「**沒有正確的答案**」！

誰會知道碟仙喜歡什麼顏色？！

「我……我會投紅色！投紅色！」黎奕希大聲說。

當然，這句說話根本沒有任何的影響，因爲她自己也不知道碟仙喜歡什麼顏色！不知道它會移向哪個顏色！

十秒的時間很快已經過去，同一時間……碟子開始移動！

碟子向著「藍」字移去！

這次跟上一回合不同，因爲沒有一個必然的答案，所以在場的女生出現了兩種不同的表

Storage Conditions:
Store at 20° to 25°C
(68° to 77°F)
See USP Controlled Room Temperature.

情……

高興與失落。

就在快要來到「藍」字的位置……

突然！

碟子停了下來！它下一個動作，是朝著相反方向……向著「紅」字的方向移動！

三秒後，碟子的箭嘴，指著「紅」字停止！

「看來碟仙比較喜歡紅色呢。」白修女說。

明明就是移向「藍」色，怎麼會突然變成了反方向，移向了「紅」色？

在九個女生之中，有一個女生……笑了。

吳可戀笑了。

她已經知道這次碟仙真正的「原理」，而且剛才的轉向，根本不是碟仙突然改變想法，全都是由她「控制」！

世界上有鬼嗎？有神仙嗎？

也許的確是有的，不過，絕對不會出現於這次碟仙遊戲之中！

真正的「鬼」，也只不過是……貪婪的「人類」！

在同一時間，已經不只吳可戀洞悉到這個「碟仙的原理」。

根本就不是什麼鬼神之說，這個碟仙遊戲，都只不過是一個……

少數服從多數的遊戲，同時，也是……

多數會贏出的遊戲。

《鬼魂可怕？還是人心更可怕？》

Storage Conditions:
Store at 20° to 25°C
(68° to 77°F)
See USP Controlled Room Temperature.

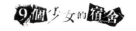

第二回合　出題者：黎奕希

Round	1	2	3	4	5	6	7	8	9
1. 吳可戀	20 win	30 win							
2. 程嬅畫	13 win	16 win							
3. 余月晨	12 win	8 lose							
4. 黎奕希	12 win	10 lose							
5. 許靈霾	20 win	15 lose							
6. 趙靜香	11 win	13 win							
7. 馬鐵玲	11 win	12 win							
8. 蔡天瑜	20 win	14 lose							
9. 鈴木詩織	20 win	25 win							

Pharmaceutical　Sickdom
00 — XX　IVD
Fentanyl Transdermal

Chapter #4 - Angel Board #8

碟仙遊戲 8

碟仙遊戲。

會動的碟子。

鬼。

我們從不同的渠道大約知道「碟仙」的玩法，也聽說過有關碟仙的恐怖鬼故事，不過，我們從來也沒想過，或者有些鬼故事，都只不過是……「人爲」。

這一場「碟仙遊戲」，根本就沒有碟仙這鬼東西，全部都是「人爲」，碟子移動都只因爲……

「有人把碟子移動」。

就像在第一回合「三乘二的答案是多少？」，答案非常明顯，就是「六」，九個女生之中，只要有一個人把碟子推向「六」字，下注在「三」的全部人都可以贏。當然，也可以九個女生一起推，最後的結果也是一樣，根本不需要「碟仙小姐」。

這是一場比人數的「人性遊戲」，絕對不是什麼碟仙顯靈！

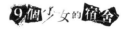

Storage Conditions:
Store at 20° to 25°C
(68° to 77°F)
See USP Controlled Room Temperature.

規則規定「不能說話」，也許就是這個原因，如果可以交談，她們九個女生應該每人可以輕輕鬆鬆贏到五百一十二萬的津貼。

現在已經有人知道碟仙的「眞相」，這會對九個女生比較有利？

錯了，剛剛相反，更加不利。

就如上一個淘汰遊戲第三回合吃生雞頭時一樣，在場的九個女生，根本就不知道對方在想什麼。

而且，將會有人利用這個方法去贏得更多的分數。

剛剛的第二回合，爲什麼碟仙會向「藍」然後轉向「紅」？

留意出來的結果，九個女生之中，有五個人賺到分，有四個人扣分。

沒錯，吳可戀利用了這次的機會，想了解是不是有人把碟子推向「想要的方向」。

不計吳可戀在內，第二回合是四個人推向「紅色」、四個人推向「藍色」，只要任何一方多一個人推著碟子，就會成爲「多數」的一方，想到達哪個答案也可以。

當然，在第二回合之中，還是有人沒有推碟子，只是呆呆地等待碟子「自己」移動，所以有可能是一對一、二對二、三對三的力度比較。因爲是均等的力度，只要吳可戀用力推，就會出現她想要的結果。

這不是什麼鬼碟仙遊戲。

這只是一場「比較人數多」推碟子的遊戲，而且，沒有人知道是誰在推著碟子。

當然，已經知道「原理」的人，會扮作不知道，因爲，知道「原理」，會得到……絕對的「優勢」。

吳可戀做出突然轉向的舉動，就是測試這個「原理」是不是眞正存在，而她的測試……成功了。

「好了，很快已經來到第三回合，這次是由馬鐵玲來發問問題。」白修女說。

「到……到我了嗎？」

已經變得有點神經質的馬鐵玲，拿起了手機，看著畫面。

她非常驚慌，本來已經很大的眼睛，瞪得更大，像快要掉下來一樣。

「我……眞的要問這問題嗎？」馬鐵玲看著白修女說。

「當然，這樣遊戲才可以繼續下去。」

馬鐵玲吞下了口水，然後說：「碟仙碟仙，妳是……怎樣死的？」

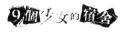

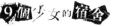

「碟仙碟仙，妳是怎樣死的？

斬 OR 墮

請下注」

也許大家都聽過傳聞說「別要問碟仙怎樣死」，不過，其實這問題已經沒有了意義，因爲在這裡根本沒有碟仙，只有貪婪的人類。

十秒過去，碟子……沒有移動。

即是說，在場知道「原理」的九個女生之中，推去「斬」與「墮」字的各一半。因爲兩個字的位置在紙上的不同方向，所以大家的手指也各不相讓，在僵持的狀態。

「我知道妳是跳樓死的！快去那個『墮』字！」馬鐵玲大聲地叫著：「快點！快點！」

碟仙好像聽到馬鐵玲所說，開始移動！

不過，它沒有聽馬鐵玲的說話，碟子慢慢地移動到「斬」字停了下來！

「不……不要……不要……」馬鐵玲樣子非常驚慌，不斷重複「不要」。

爲什麼她會這樣？

因爲她把所有的分數也押在「斬」之上，現在的碟仙移動的結果是「斬」，所以投注「墮」的人才會贏！

馬鐵玲把自己的十二分……全部輸掉！

《你以爲安守本份？總有想你死的人。》

碟仙遊戲 9

Chapter #4 - Angel Board #9

爲什麼在第三回合，由不移動變成了移動？

是有更多人發現碟仙只不過是「人爲」移動？然後加入了「斬」的一方？

錯了，剛好相反，是有人留意到馬鐵玲的緊張情緒，她絕對不會投注得少，所以「那個人」想幫她一把，把馬鐵玲推入了最深的地獄！

她要怎樣做？

很簡單，就是放棄加力，本來她是想移向「墮」字，不過，她改變了主意，不再用力，讓碟子推向「斬」字！

這個人是誰？

從第三回合的分數可以看到出來，因爲那個放棄的人，一定是「lose」（落敗），當然，沒法看到積分表，她們根本不會知道是誰。

不過，紅修女卻看到了，她暗暗地奸笑。

Storage Conditions:
Store at 20° to 25°C
(68° to 77°F)
See USP Controlled Room Temperature

第三回合

出題者：馬鐵玲

Round	1. 吳可戀	2. 程嬅畫	3. 余月晨	4. 黎奕希	5. 許靈霾	6. 趙靜香	7. 馬鐵玲	8. 蔡天瑜	9. 鈴木詩織
1	20 win	13 win	12 win	12 win	20 win	11 win	11 win	20 win	20 win
2	30 win	16 win	8 lose	10 lose	15 lose	13 win	12 win	14 lose	25 win
3	25 lose	13 lose	16 win	12 win	20 win	15 win	0 lose	10 lose	20 lose
4									
5									
6									
7									
8									
9									

馬鐵玲已經沒有分數，她要怎樣玩下去？

宿舍的人當然不會讓遊戲這樣就完結，馬鐵玲的手機出了一個特別的訊息。

「非常抱歉，妳已經沒有分數，本來需要退出遊戲，不過，現在我們會給妳一次機會。」

馬鐵玲閱讀著訊息。

「妳可以用自己的四肢，換取積分，每一隻手、一隻腳各可換取五分積分，這代表了妳可以換取二十分，只要妳在遊戲完結後，分數是在二十分之上，就可以贖回自己的四肢，同時，可以拿走扣除二十分後賺回來的分數。以上內容，不能向任何人說，也不能向修女提問。」

馬鐵玲瞪大了眼睛看著訊息。

「願意 OR 放棄」

十秒時間在倒數。

只有十秒，就是不能讓她考慮太多。訊息內也沒有提及「四肢」是有什麼用途，只是說用四肢換取分數，馬鐵玲完全不知道他們的眞正用意。

就在最後三秒……

馬鐵玲按下了「願意」。

賭徒的心態，在輸掉全部金錢之時，有人立即借錢給你，而且沒有考慮的時間，75% 的人也會接受這一種看似沒什麼，卻充滿了危險的「借貸」。

畫面上，分數由零變成了二十，馬鐵玲看到笑了。

「第四回合，這次是由余月晨向碟仙發問問題。」白修女指著她。

「終於到我了。」余月晨撥撥她彎曲的頭髮，她自信地說：「沒法說話眞的是一件痛苦的事呢。」

「妳現在可以問碟仙問題了。」白修女說。

「我有話想跟她們先說。」余月晨看著其他女生。

「當然可以，因爲妳是發問者，可以任意說話。」白修女說。

「謝謝。」余月晨客氣地道謝後，對著其他八個女生說：「我想有人還是不知道，現在我想說出碟仙的『原理』。」

余月晨自信滿滿，她想到了什麼方法？

「其實，根本就沒有什麼碟仙，全都是由我們九個女生控制著碟子移動！」

終於……

有人說出來了。

爲什麼她要把知道的「優勢」都說出來？

余月晨不是傻的，必定有屬於她的理由。

可以贏到餘下回合的理由。

《每個人都有自己的計劃，當然，對自己有利的才叫「計劃」。》

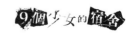

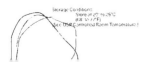

[illegible] [redacted]
[illegible] [redacted] [illegible]

Pharmaceutical Sickdom
00 — XX IVD
Fentanyl Transdermal

y mensajes al 627 73 97 81
ROS - Murcia

Chapter #5

Plan

計中計

計中計 1

余月晨把沒有鬼的事，告訴了在場的全部女生。

本來不知道有幾多人已經知道碟仙根本不存在，不過現在，九個女生也知道了。

明明知道「原理」的人會有絕大的「優勢」，爲什麼余月晨依然要說出來？

很簡單，有「優勢」不代表是「必勝」，因爲經過前兩回合，如果知道的人是「雙數」的話，碟仙就會處於不動的狀況，因爲可能會出現一對一、二對二、三對三等情況，如是這樣，碟子一定不會移動。

碟子能夠移動，一定是……「單數」。

有一方的人數比另一方多，才會移動。

問題就在，無論知不知道「原理」，如果是投注錯誤，下注到小眾的那一邊，都會輸掉分數，所以余月晨腦海中出現了「另一個計劃」。

「現在大家也開門見山說出來，我們就有『必勝』的條件了！」余月晨高興地說：「無論問碟仙任何問題，都只會有兩個答案，只要我們九個女生合作，一起把碟子推向答案的反方向，

Storage Conditions
Store at 20° to 25°C
(68° to 77°F)
See USP Controlled Room Temperature.]

我們不就可以全部都得到分數？」

鈴木詩織想點頭回應，不過她知道自己不能做任何的身體語言。

沒錯，她也是其中一個知道「原理」的人。

「我們就一起……賺大錢吧！大家依照我的做法就可以了！」

余月晨看著手機，然後愉快地說出了問題：「碟仙碟仙，我是男人還是女人？」

「碟仙碟仙，余月晨是男人還是女人？

男 OR 女

請下注」

「我們一起把碟子推向『女』字，投注就投在『男』的一方！這樣我們就一起賺大錢了！」

余月晨高興地說：「我們可以一直贏下去！」

十秒時間投注。

依照余月晨的方法，的確，是「必勝」的，碟仙遊戲根本已經不再需要玩下去，大家都推向其中一個答案，然後下注另一個答案，全部人賺分數。

不過……

這樣的情況，只會出現在「互相信任」的情況之下。

就在大家以爲是穩勝，當大家也以爲碟子會移向「女」字之時，碟子移動到……

「男」字！

「爲什麼……爲什麼會變成這樣？！爲什麼？」

說話的人不是余月晨，而是再次把全部分數押下去的馬鐵玲！

「眞的非常抱歉，馬鐵玲妳違反了遊戲的規則，分數會歸零，同時，妳已經失去未來入宿的資格。」紅修女說。

「不要！我要住下去！我要贏回來！我不想走！」馬鐵玲聲嘶力竭地大叫：「余月晨！爲什麼會這樣？！爲什麼會輸掉？爲什麼？！」

「我……我也不知道……我……」余月晨不斷搖頭：「是誰？是誰出賣了我？」

「是誰？！！！是誰？！！！給我出來！是誰出賣了我們？！」馬鐵玲指著其他八個女生。

「因爲鐵玲的情緒出現了問題，暫時要讓她離開！」紅修女說：「來人！」

四五個黑衣修女，把馬鐵玲拉走！

在場沒有人能夠阻止她們，因爲全部人也不想自己會像馬鐵玲一樣被拉走！

她們眼睜睜看著馬鐵玲由歇斯底里大叫變成沒有聲音，遠離了這所地下室。

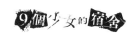

Storage Conditions:
Store at 20° to 25°C
(68° to 77°F)
See USP Controlled Room Temperature.]

或者，其他女生也早就料到違反規則的人會被帶走，不過，她們沒有料到，同樣激動的余月晨，只不過是在……演戲！

她由第一秒開始，已經在說謊！

說什麼合作？說什麼一起贏都只不過是她的「陷阱」！

而知道她的性格的人，當然了解她只是在演戲！

跟余月晨最熟悉的吳可戀與程嬅畫一起……笑了。

她們由一開始的目的，主要是對付最討厭的馬鐵玲，所以吳可戀與程嬅畫知道余月晨只是在說謊，把馬鐵玲眞眞正正推入了絕境才是她的計劃！

當然，還有兩個人看得出程嬅畫的想法，才會出現了現在的結果。

「她們」……又在想什麼？

《別人都說仁至義盡，有誰又會願意相信？》

第四回合

出題者：余月晨

Round	1. 吳可戀	2. 程嬅畫	3. 余月晨	4. 黎奕希	5. 許靈靄	6. 趙靜香	7. 馬鐵玲	8. 蔡天瑜	9. 鈴木詩織
1	20 win	13 win	12 win	12 win	20 win	11 win	11 win	20 win	20 win
2	30 win	16 win	8 lose	10 lose	15 lose	13 win	12 win	14 lose	25 win
3	25 lose	13 lose	16 win	12 win	20 win	15 win	0 lose (20)	10 lose	20 lose
4	**50** win	**26** win	**32** win	**10** lose	**25** win	**10** lose	**0** lose	**5** lose	**40** win
5									
6									
7									
8									
9									

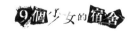

Chapter #5 - Plan #2

計中計 2

馬鐵玲被帶走，只留下八個女生，她們的手指沒有離開過碟子，繼續她們的「碟仙遊戲」。

馬鐵玲會被帶到哪裡？立即要離開宿舍？下一個會是自己？

在她們的心裡，出現了無數的問題。

不過，現在已經不能想太多，因爲「遊戲」還沒有完結。

「第五回合開始了，這次發問的人是……趙靜香。」白修女說。

「我……我可以說話了嗎？」趙靜香立即問。

「妳不是已經說了？哈！」

「我想知道馬鐵玲會被帶到哪裡？」她問。

「請放心，我們會好好安排，不用擔心，妳繼續投入遊戲就可以了。」

「知……知道。」趙靜香抹去臉上的汗珠：「剛才那個回合我也輸了，即是多過一半人沒有跟月晨說的計劃去投注。」

其餘的七個人也看著她。

「即是說，就算我說要一起合作，大家還是不會相信彼此，這樣……我們沒法贏下去！」

趙靜香說：「我們要互相合作才可以！這樣才可以將贏取的分數最大化！」

除非趙靜香有一段非常動人的「演說」，不然，根本沒法「單方面」游說在場的人。

趙靜香知道，許靈霾與黎奕希會跟自己同一陣線，但只有三個人是不足以在餘下的遊戲中贏得分數，八個人中，至少有五個人合作，才可以得到勝利。四個也不行，因爲四個人的話，對方也會是四個，碟子是不會移動。

趙靜香想到一個方法，或者，是現時最好的方法。

「指名道姓」。

「月晨、婔畫。」趙靜香看著她們二人：「除了靈霾與奕希，我希望妳們跟我合作，月晨剛才也輸了一個回合，不是嗎？我們現在合作，而且靈霾與奕希兩個人會跟著我的說法去做的，加上妳們兩個人，就有五個人了！我們就可以一直贏下去！」

「叻女！」

這是許靈霾心中的說話，她當然沒有說出口，但趙靜香這個行動，會非常有效。

雖然蔡天瑜與鈴木詩織沒有被提到，不過她們會衡量趙靜香的說話，對自己有沒有利益，

同時，趙靜香這番說話，也是給……「沒有被指名道姓的人」聽的！

Storage Conditions: Store at 20° to 25°C (68° to 77°F) See USP Controlled Room Temperature

趙靜香的計劃很簡單。

一、要讓「沒有被指名道姓的人」也知道現在誰是較大的勢力，說是合作，其實是「威嚇」。

二、如果最後趙靜香還是輸了，這樣就非常明顯地證明，被指名道姓的那兩個人，一定是「叛徒」！

趙靜香只能想到這方法，之後的事，她知道還未發問的許靈霾會處理。在這場互不信任的「碟仙遊戲」，她們三人已經一早把信任連結起來！

趙靜香看看手機，然後對著大家說：「碟仙碟仙，『九』這個數字，是單數還是雙數？」

「碟仙碟仙，『九』這個數字是單數還是雙數？

單 OR 雙

請下注」

「我會投注雙數！然後把碟子推向單數！妳們跟我一起做吧！一起贏下去！」

十秒投注時間很快過去，碟子開始移動！

在場的八個女生也一起看著慢慢移動的碟子！

「單」與「雙」兩個字都是在同一個方向，她們也不知道最後會指著哪一個字。

趙靜香的計劃……會成功嗎？

《現實就是，沒有漂亮的外表，誰願意去關心妳的內心？》

Chapter #5 - Plan #3

計中計3

今貝女子宿舍四樓尾房。

尼采治與「媽媽」一起欣賞著這一場「碟仙遊戲」。

「很了不起的女生呢。」媽媽吐出了煙圈：「在這個爾虞我詐互相欺騙的遊戲之中，給她想到了一個不錯的方法。」

「這次的九個女生，表現也非常不錯。」尼采治坐在她的身邊說。

「很好，你繼續留意著這場遊戲，可以開始『第二部分』了。」媽媽說：「我去看看『他們』準備得如何。」

「我會的，媽媽妳慢走。」

媽媽走出了房間，已經有四個黑衣的修女迎接她。

「已經安排她到天台？」媽媽問。

「對，已經安排了。」修女回應：「女神父。」

在天主教中，女性永遠無法成爲「神父」，但在這所詭異的宿舍之中，她成爲了一衆人口中說的「女神父」。

她們一起來到了天台，天台有一間加建的小屋，用紅色磚頭搭建的外牆，外觀給人一種非常簡陋的感覺，跟宿舍的古典風格完全格格不入。

黑修女打開了大門，女神父走了進去，在小屋最裡面，有一個昏迷的女生坐在一張木製的椅子上，她的手腳被綁起，雙手像被釘十字架一樣吊了起來。

在她的身旁，是大大小小不同的「工具」。

用來屠宰豬、牛、羊的工具！

被綁起昏迷的女生，就是……馬鐵玲！

在她的手臂與小腿上，已經用筆畫好將要斬下的位置。

「親愛的，希望……她還有一線的『生機』，嘿嘿。」

女神父，邪惡地奸笑了。

Storage Conditions:
Store at 20° to 25°C
(68° to 77°F)
See USP Controlled Room Temperature.

地下室內。

「『**九**』**這個數字是單數還是雙數？**」

碟子推向了……單數！

在場的八個女生一起露出了笑容，因爲趙靜香的計劃成功了，讓八個女生也一起投注在「雙數」！

「謝謝妳們！」趙靜香高興地說：「我不知道之前是誰出賣了誰，不過由現在開始，我們只要互相合作，相信對方，就可以一直贏下去！」

第五回合全員成功，讓在場的八個女生再次獲得了「信任的連結」，而一直也想搗亂的吳可戀，就算她想繼續對付其他人，也沒有辦法，因爲趙靜香已經連結了四個人以上，即是說，她必須也跟隨著趙靜香的計劃。

她這次把全部五十分也押下去，成功得到一百分，但她一點也不開心，因爲她沒想到一直也沒有放在眼內的趙靜香，竟然會想到「指名道姓」的方法！

現在只餘下許靈霾、程婥畫、鈴木詩織與吳可戀還未發問，本來已經崩潰的互信，再次被趙靜香的計劃連起來，餘下的遊戲，就算吳可戀說謊，也沒法成爲「大眾」，即是餘下的四個回合，她們八個女生，也會一直贏下去，這個要讓她們「分化」的碟仙遊戲，已經……

——**毫無意義**。

不過，他們的計劃，當然沒有這麼簡單。

第二部分的計劃……正式進行。

「對不起，各位，因爲現在只有八個女生繼續遊戲，我們會稍微改變一下遊戲規則。」白修女說。

因爲趙靜香已經完結了她的回合，所以沒法說話，八個女生一起看著白修女。

「遊戲規則會改爲猜中碟仙的答案，才可以獲得分數。」她說。

這樣也沒有什麼問題，她們依然可以八人一起合作，繼續贏下去。

不過，或者她們不會知道，眞正的敵人，根本不是他們彼此八個，而是……

今貝女子宿舍的他們！

「第六回合由程嬅畫問碟仙問題。」白修女說：「妳可以說話了。」

白修女的笑容，內藏著一份陰險的感覺。

她的笑容……一點都不簡單。

《沒有名譽地位，你的理念都會被歸納爲……廢話。》

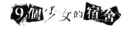

Storage Conditions:
Store at 20° to 25°C
(68° to 77°F)
[See USP Controlled Room Temperature.]

第五回合　出題者：趙靜香

Round	1	2	3	4	5	6	7	8	9
1. 吳可戀	20 win	30 win	25 lose	50 win	**100** win				
2. 程嬅畫	13 win	16 win	13 lose	26 win	**36** win				
3. 余月晨	12 win	8 lose	16 win	32 win	**48** win				
4. 黎奕希	12 win	10 lose	12 win	10 lose	**18** win				
5. 許靈霏	20 win	15 lose	20 win	25 win	**50** win				
6. 趙靜香	11 win	13 win	15 win	10 lose	**20** win				
7. 馬鐵玲	11 win	12 win	0 lose (20)	0 lose	N/A	N/A	N/A	N/A	N/A
8. 蔡天瑜	20 win	14 lose	10 lose	5 lose	**9** win				
9. 鈴木詩織	20 win	25 win	20 lose	40 win	**80** win				

計中計 4

「終於到我了。」程嬅畫看著吳可戀與余月晨：「無論是什麼問題，妳們跟著我說的答案，就可以了。」

程嬅畫的手機響起，碟仙的問題沒有出現，反而出現了一行文字。

「不能說出這段文字的內容，同時，說出『一個』不是妳投注的答案，如違規，分數立即歸零而且不能繼續入住宿舍。」

程嬅畫呆了一樣看著手機，其他七個女生也覺得奇怪，等待著她的問題。

「這樣……這樣……」程嬅畫托托眼鏡：「我……」

「請說出問題。」白修女催促她。

「但這樣我們又怎可能贏？！」程嬅畫用兇狠的眼神看著白修女。

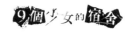

「妳不能說太多呢，請說出問題。」白修女提醒她。

程嬅畫在思考著，修改規則之前，她只須說出一個自己會投注的答案，大家就會跟著她投

注，以及把碟子推向贏得分數的答案。

而現在的情況，如果說出一個不是自己投注的答案，其他人仍然會跟著她那個答案把碟子推去，而自己就會變成了「小衆」，其他七個人會贏，只有她一個人會輸。

她說「我們又怎可能贏」，其實更準確的是……

「我又怎可能贏？」

大家也在等待著程嬅畫的問題，她們不會知道，訊息內出現了這一句文字，大家也開始覺得程嬅畫的行爲很古怪。

「等等……」程嬅畫突然想到了，然後向白修女查問：「除了『那一條規則』，我可以說其他想說的事？」

「當然可以。」白修女說。

「嘻，那我明白了。」程嬅畫再次出現了愉快的笑容。

程嬅畫用另一個方法把答案……傳達出去。

「無論我說出什麼答案，妳們也別要相信我！」程嬅畫對著她們說。

大家也出現了懷疑的表情。

程嬅畫看了一眼白修女，她沒有阻止自己，卽是說，她的「傳達方法」是允許的！

「總之我說出什麼答案，大家也別要相信我！別要相信！」程嬅畫用力地說：「求求妳們！別要相信我的答案！」

程嬅畫非常認眞地說，其他七個女生，也許感覺到她的認眞，在她們的腦海中出現了一個答案。

「即是投注在程嬅畫相反的答案之上，同時把碟子推向那個相反的答案。」

不需要全部人也這樣做，只要七個人之中有四個人就可以，這樣，就不會只有程嬅畫一個人輸掉。

「剛才趙靜香說過，我們要合作，我絕對不會欺騙妳們，妳們別要相信我的答案！」

程嬅畫再三強調別要相信她的答案。

她大概確定了其他人已經明白自己的說話後，按下了手機，出現了問碟仙的問題。

她……看到問題後……瞪大了眼睛……

她以爲自己已經破解了「那一條規則」，沒想到……

程嬅畫收起了笑容再次用兇狠的眼神看著白修女，然後說出問題：「碟仙碟仙，請問……妳最喜歡什麼季節？」

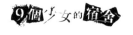

這問題有什麼問題？

Storage Conditions:
Store at 20° to 25°C
(68° to 77°F)
See USP Controlled Room Temperature

完全沒有。

有問題的是……「答案」。

其他女生的手機，出現了選擇。

「碟仙碟仙，請問妳最喜歡什麼季節？

春 OR 夏 OR 秋 OR 冬

請下注」

不是兩個選擇答案，而是……四個！

《有事求人，無事害人，你有認識這樣的朋友？》

Chapter #5 - Plan #5

計中計5

「我答春天！春天！」程嬅畫大叫。

即是春天不是她的答案。

但還是有三個選擇，這次，她們八個女生再次墮入迷惘之中。

墮入了三分一機率的選擇之中！

十秒時間過去，她們只能估計大家的答案！

碟子開始移動……最後碟子停在……

「夏」字！

「怎會變成這樣……」程嬅畫臉色鐵青，很明顯她不是投注在「夏」。

本來在上一回合大家也穩操勝券，沒想到在第六回合，所有的希望也再次破滅。

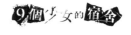

Storage Conditions:
Store at 20° to 25°C
(68° to 77°F)
See USP Controlled Room Temperature.)

第六回合

出題者：程嫜畫

Round	1. 吳可戀	2. 程嫜畫	3. 余月晨	4. 黎奕希	5. 許靈霾	6. 趙靜香	7. 馬鐵玲	8. 蔡天瑜	9. 鈴木詩織
1	20 win	13 win	12 win	12 win	20 win	11 win	11 win	20 win	20 win
2	30 win	16 win	8 lose	10 lose	15 lose	13 win	12 win	14 lose	25 win
3	25 lose	13 lose	16 win	12 win	20 win	15 win	0 lose (20)	10 lose	20 lose
4	50 win	26 win	32 win	10 lose	25 win	10 lose	0 lose	5 lose	40 win
5	100 win	36 win	48 win	18 win	50 win	20 win	N/A	9 win	80 win
6	**99** lose	**20** lose	**52** win	**10** lose	**51** win	**30** win	N/A	**5** lose	**160** win
7							N/A		
8							N/A		
9							N/A		

余月晨、許靈霾、趙靜香、鈴木詩織四人投注了「夏」，成功得到了分數，不過其餘的四人，都分別投注在「秋」、「冬」，被扣分數。

而吳可戀與許靈霾在不明朗的情況之下，都只是下注了一分，對於吳可戀損失不大，而許靈霾也只能贏到一分。

在這回合，最大的得益者是鈴木詩織！或者傻人有傻福，她竟然把全部分數押下去，現在已經來了一個翻倍，一百六十分！

「為什麼要突然改規則！這樣不公平！」程嬅畫帶點怒氣地說。

「這樣遊戲才好玩。」紅修女看著手上的平板電腦：「而且，妳們沒有選擇，因為錢都是由我們給妳們的，妳們一分一毫也沒有付出過，妳還想說什麼？」

這是事實。

無論是入住宿舍還是得到津貼，她們都只是不斷得到好處，卻沒有付出過什麼。

「事不宜遲，來進行最後三回合遊戲吧。」白修女說：「程嬅畫，由現在開始，妳已經沒有說話的權利，請遵守規矩。」

程嬅畫緊握著拳頭，她不忿氣，不過又沒法反抗。

「第七回合現在開始，這次問問題的人是……吳可戀！」

吳可戀沒有特別的表情，她靜靜地看著桌上的碟子，如果說許靈霾給人一種「冰美人」的

Storage Conditions:
Store at 20° to 25°C
(68° to 77°F)
See USP Controlled Room Temperature.)

感覺，吳可戀給人的感覺，是擁有一份沒法猜透的氣質。

「白修女。」吳可戀說。

「是？」

「這次答案又是有四個選擇？」她問。

「妳看手機就知道了。」

「如果沒猜錯，除了問題，妳們還會定下一些我們不知道的規則。」吳可戀說：「比如說上一回合，婔畫要說出一個自己不會投注的答案，是這樣嗎？」

吳可戀已經從程婔畫的說話中猜到「附加」的規則。

「對不起，我們不能透露。」白修女說。

「很好。」吳可戀跟她單單眼，然後再沒看白修女一眼：「各位，由這回合開始，我們不用投注了，遊戲規則中沒有說明一定要投注，我們就這樣完結這次的遊戲吧。」

白修女收起了那個扮出來的慈祥笑容。

「就如紅修女所說的，我們根本就沒有付出過什麼，我想大家的手上也至少有分數，就拿著這個分數，大家也會有錢得到，而且馬鐵玲已經被趕出宿舍，沒有人會再被人趕走了。」吳可戀微笑說：「現在我有九十九分，我會每人給妳們十分，我們就不用再投注了，也不會影響大家現在手上的分數，而且，如果是四個選擇，我們都沒有十足的把握可以贏下去，現在就結束，不是……很好嗎？」

白修女皺起眉頭，這次她……

反被將軍了。

這場碟仙遊戲，眞的是九個女生一起遊戲如此簡單？她們眞的沒有「付出」？她們眞的沒有「價值」？

吳可戀一早已經看穿，這場遊戲絕對不是單純的「遊戲」。

她們所獲得的金錢是如何得來的？

當然是由今貝女子宿舍提供，問題在，宿舍又如何獲得金錢？

沒錯……

如果她們不再投注……

「他們」就沒法投注。

那些在看著她們遊戲的「旁觀者」就沒法投注了。

此時，吳可戀看著上方的攝影機，微笑了。

不是一場單純的「遊戲」，而是……

「賭博」。

Storage Conditions:
Store at 20° to 25°C
(68° to 77°F)
See USP Controlled Room Temperature.

《有時，愈成熟愈想得太多，愈難分辨什麼是真假。》

計中計6

Chapter #5 - Plan #6

碟仙遊戲，不只是給她們九個女生用來賺錢的遊戲，更是……

「外圍買家」的遊戲。

宿舍會開出不同的賠率、不同的投注方法去讓買家投注，比如說一號會贏出、二號會在第二回合輸掉、第幾回合會有人說出碟仙遊戲的「原理」、哪個女生會先離開，甚至是哪個女生會突然暴斃等等不同的賠率。

就如外圍的足球比賽投注一樣。

吳可戀已經知道這不單是一場碟仙遊戲，涉及的投注，根本比她們所下的注多很多，現在她要反利用這一點！

「可戀，請問妳想怎樣呢？」白修女再次勉強擠出慈祥的笑容。

「我想來一場……眞正的決戰。」吳可戀說：「妳們改規則根本就不公平，也不好玩，不如就讓我們八個女生，自己去決戰吧，這樣不是更好嗎？」

紅修女走到白修女身邊，在她耳邊輕聲說話。

Storage Conditions:
Store at 20° to 25°C
(68° to 77°F)
See USP Controlled Room Temperature.]

的確，如果這次碟仙遊戲就這樣完結，她們一定會被女神父問責，因爲沒法給「外圍買家」下注，她們絕不會有好下場。現在，她們一白一紅修女，正在討論著最後三回合的事。

不久，白修女看著吳可戀問：「可戀，妳又有什麼提議？」

「可以繼續用四個答案，不過，問題由發問碟仙的人想出來。然後，發問者不能說出自己的答案，這樣不就最『公平』嗎？」吳可戀笑說：「現在我們八個人都知道沒有碟仙，只是由我們八個人把碟子推向答案，如果使用我的規則，這樣就眞正不知道最後碟仙會出現什麼答案了。」

紅修女已經拿起了手機，走到一旁跟尼采治通電話。

「這樣的投注不是更好玩嗎？」吳可戀看著攝影機單單眼：「怎也好過我們最後三回合都不投注吧。」

她是在跟外圍的買家……打招呼。

紅修女走回來說：「就依妳的遊戲規則。」

「等等。」吳可戀說。

「媽的！妳又想怎樣了！」紅修女發出粗獷的老牛聲。

「我還未說完我的想法。」吳可戀說：「遊戲是非常公平的，不過這樣還不夠好玩，我想再加一條規則。」

「是什麼？」白修女說。

「在餘下回合中，猜中碟仙答案的人，每個回合完結時都可以選擇……」吳可戀露出了一個美艷而奸險的笑容：「選擇跟另一個女生交換自己的分數！」

全場的人，包括了在場的修女也呆了一樣看著吳可戀。

「我們都不知道對方有多少分數，只有大家知道我擁有九十九分，我相信妳們也想換取我的分數吧？」吳可戀看著其他女生。

的確，現在吳可戀擁有九十九分，是八個女生中第二最多的分數，她爲什麼要提出這個對自己不利的規則？

就在此時，地下室出現了廣播器的聲音。

「吳可戀小姐。」是女神父的聲音：「我是宿舍最高級的主理人，大家都叫我女神父。」

聽到廣播後，全部修女也低下了頭，可知道女神父的地位有多高。

「我很喜歡妳，就依妳的說話去做吧。」她說：「不過，我想讓妳知道，妳不是在控制一切，妳也只不過是其中一個，入住宿舍的女孩而已。」

她這句說話奇怪地充滿了壓迫感，讓吳可戀也收起了自信的笑容。

「還不快多謝女神父！」紅修女說。

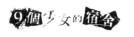

「謝謝妳接受我的建議。」吳可戀禮貌地回答。

「紅、白修女，妳們就聽吳可戀小姐的說話去做吧。」女神父說：「請給我來一場精彩的比賽！」

「女神父，我們明白！」

眞正的決戰……

現在才是開始！

《要掌控局勢，才可以獻計。》

計中計7

擾攘一輪後，第七回合的碟仙遊戲再次開始。

「請可戀向碟仙說出問題。」白修女說。

吳可戀看了程嬅畫與余月晨一眼，好像在傳達一個很重要的訊息……「我們一定可以勝出！」

「等等。」吳可戀叫停了。

「妳又想怎樣了？！」紅修女快要憤怒得把吳可戀整個人扯開兩邊。

「你沒聽女神父說嗎？要聽吳可戀小姐的說話去做。」吳可戀重複女神父的說話。

「沒問題的，妳還有什麼想說？」白修女問。

「我還未說出交換分數的……『次序』。」吳可戀說：「因爲勝出的人不只一個，所以次序很重要。」

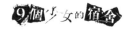

「我明白，妳說。」白修女說。

Storage Conditions: Store at 20° to 25°C (68° to 77°F) See USP Controlled Room Temperature.

「因爲有四個答案，就必定需要三個人以上答中，碟子才會移動；回合完結時，就會有三個人以上可以交換分數，那就需要有先後次序，我們要如何去定次序呢？」

大家都在聽著她的說話。

對吳可戀而言，現在最大的優勢，就是只有她一個人可以說話！

「不如這樣！先抽出第一位，然後第一位選擇交換的人排第二，排第二選擇的人就排第三，這樣不就公平了嗎？就如聖誕節抽禮物一樣，一個抽了，就讓抽到禮物的人說出下一位抽獎的人。」吳可戀說。

「就這樣吧。」白修女簡單地回答。

就在此時……許靈霾舉起了手！

一直也沉默的她，第一次作出「反抗」！因爲……

她已經知道吳可戀的「計劃」！

一場「鬥智鬥力」的遊戲，只要行錯一步，將會全軍覆沒！

「靈霾，眞對不起，因爲這個碟仙遊戲的規則，只有發問者可以說話，所以，等到妳發問時才可以表達妳的想法。」白修女說完，看著吳可戀說：「現在可以開始了。」

「很好。」

吳可戀看著許靈霾，她的眼神就像是跟她說：「我又再一次贏妳了。」

吳可戀認眞地看著碟子：「碟仙碟仙，在淘汰遊戲中，我拍攝垃圾桶的地方在哪？如果是荃灣，就指向『荃』字，如果是沙田，就指向『沙』字，如果是大埔，就指向『大』字，如果是火炭，就指向『火』字。」

「碟仙碟仙，在淘汰遊戲中，吳可戀拍攝垃圾桶的地方在哪？

荃 OR 沙 OR 大 OR 火

請下注」

她們……笑了。

八個女生中，其中的幾位，不自覺地笑了。

吳可戀第一步計劃，就是由發問者自己選擇問題。爲什麼要這樣？

非常簡單，因爲其餘七個女生之中，有人是知道眞實的答案！

程嫜畫與余月晨知道眞正的答案，加上吳可戀，四個答案中，至少有三個人會推向同一個答案！

吳可戀有絕對的「優勢」！

不，不只她們兩個人知道，吳可戀知道還有一個人知道拍攝垃圾桶的地方，「她」也知道。

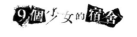

Storage Conditions
Store at 20° to 25°C
(68° to 77°F)
See USP Controlled Room Temperature

十秒的投注時候過去，碟子急不及待開始移動。

碟子沒有生命，不過，由人賜予它「生命」。

碟仙不存在，不過，由人類給予它「存在」。

碟子上的箭嘴，指著……「荎」字。

「Bingo！」吳可戀高興地說：「應該有至少四個人答中，對？」

「對。」紅修女看著平板電腦：「包括了妳，程嬅畫、余月晨與鈴木詩織。」

一切都在吳可戀計劃之內！

吳可戀早前告訴過她們拍攝垃圾桶的位置，除了程嬅畫、余月晨，還有鈴木詩織！

《閨密的秘密，妳有好好保守？》

Chapter #5 - Plan #8

計中計8

「請問，有沒有紙？」吳可戀問：「我想用作抽籤用，抽先後次序。」

白修女看著其中一位黑修女，黑修女把紙與筆交給了吳可戀。

「另外，我可以縮手嗎？因爲我想寫下大家的名字。」

白修女點頭。

吳可戀鬆開了手：「一直按著眞的很累。」

然後她把紙張撕開，把小紙張放在掌心寫上各人的名字，寫好後對摺，再把它們調亂。

「現在，我來抽出第一個交換的人。」吳可戀想了一想：「不，由另一個人抽比較公平，鈴木詩織，就由妳來抽吧。」

吳可戀走到她身邊，然後把四張紙張放在掌心遞給鈴木詩織：「詩織，請抽一張。」

鈴木詩織點點頭，然後抽其中一張，遞給吳可戀幫她打開。

「看看妳抽到誰先交換？」吳可戀微笑地說。

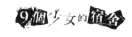

Storage Conditions: Store at 20° to 25°C (68° to 77°F) See USP Controlled Room Temperature.

鈴木詩織看到小紙張瞪大了她的大眼睛。

「詩織妹妹，妳抽到妳自己啊！」吳可戀說，然後把小紙張給其他人看，上面是寫著「鈴木詩織」：「現在妳可以選擇跟誰交換分數，還是選擇……不交換？」

鈴木詩織不停地搖頭。

「妳不想交換？對？」吳可戀再問一次。

鈴木詩織點頭。

「明白的，那妳想下一個是由誰來交換？」

鈴木詩織看著程嬅畫與余月晨，然後她指著程嬅畫。

「明白了，嬅畫妳想跟誰交換分數，還是選擇不交換？」

程嬅畫指著余月晨，她要跟余月晨交換。

然後，來到余月晨，她指回吳可戀，她要跟吳可戀交換。

「最後到我了。」她看著鈴木詩織：「詩織妹妹，妳選擇不交換，這代表了什麼？代表了妳的分數應該也不會少，對吧？對不起了，我決定要跟妳交換！」

鈴木詩織沒法說話，只能再次瞪大了眼睛看著吳可戀。

吳可戀猜對了，鈴木詩織的最高分數，被她奪走了！

吳可戀的整套計劃完成！

她們三人組，都得到了最高的分數！

大家也沒看出吳可戀是如何完成她完美的計劃，她是怎樣做到的？

抽先後次序的方法，明明就是隨機的，爲什麼會依照著她的想法？

其實，吳可戀已經在小紙張上做了「手腳」。

她是做了什麼暗號，讓鈴木詩織首先抽到自己？

錯了，她根本沒有做什麼暗號，她只不過是……

把四張小紙張都寫上了鈴木詩織的名字。

無論她怎樣抽，都只會抽到自己。

先後次序最重要的，是誰最後交換，因爲先交換的人，有可能被後交換的人換回來，所以，吳可戀最重要是要讓鈴木詩織先換，而其他人都是吳可戀一組的人，怎樣換也沒關係。

第二個要讓鈴木詩織先抽的原因，是吳可戀不肯定她手上有多少分數，不過在前面的回合中，留意到她微細的表情，大約知道她應該有不少分數，再加上鈴木詩織選擇不交換分數時，吳可戀就更加肯定……

要跟她交換！

Storage Conditions
Store at 20° to 25°C
(68° to 77°F)
See USP Controlled Room Temperature.]

就只需要一個回合，現在吳可戀三個女生的一組，變成了獲得最多分數的三個人！

但這個計劃……眞的是完美嗎？

《人善人欺天不欺，天不欺善人，但天何時又有幫助過善人？》

第七回合

出題者：吳可戀

Round	1. 吳可戀	2. 程嬅畫	3. 余月晨	4. 黎奕希	5. 許靈霴	6. 趙靜香	7. 馬鐵玲	8. 蔡天瑜	9. 鈴木詩織
1	20 win	13 win	12 win	12 win	20 win	11 win	11 win	20 win	20 win
2	30 win	16 win	8 lose	10 lose	15 lose	13 win	12 win	14 lose	25 win
3	25 lose	13 lose	16 win	12 win	20 win	15 win	0 lose (20)	10 lose	20 lose
4	50 win	26 win	32 win	10 lose	25 win	10 lose	0 lose	5 lose	40 win
5	100 win	36 win	48 win	18 win	50 win	20 win	N/A	9 win	80 win
6	99 lose	20 lose	52 win	10 lose	51 win	30 win	N/A	5 lose	160 win
7	**198** win	**40** win	**104** win	**9** lose	**50** lose	**28** lose	N/A	**3** lose	**320** win
7（交換後）	**320** win	**104** win	**198** win	**9** lose	**50** lose	**28** lose	N/A	**3** lose	**40** win
8							N/A		
9							N/A		

Storage Conditions:
Store at 20° to 25°C
(68° to 77°F)
See USP Controlled Room Temperature.)

Chapter #5 - Plan #9

計中計9

天台一間高級的 VIP 房之內。

女神父喝著紅酒，欣賞著整場遊戲。

「這個叫吳可戀的女生，真的不簡單。」一個穿著綠色修女服的修女說。

「幫我調查一下她的身份。」女神父喝了一口紅酒說。

「知道，女神父。」綠修女看著手上的平板電腦：「另外，有外圍買家提出要求，想吳可戀跟他們幾個老闆睡一夜。」

女神父看著綠修女奸笑：「妳回覆他們，吳可戀是……『非賣品』。」

「知道。」

「豬還未養肥，我又怎捨得賣了牠？」

女神父繼續喝著紅酒，欣賞這場這麼多年來，從未如此鬥智鬥力的「碟仙遊戲」。

「下一位，妳又有什麼對策呢？」她微笑。

……

…

·

宿舍地下室。

最後兩回合。

餘下許靈靈與鈴木詩織還未發問。

「第八回合現在開始，發問的人是……許靈靈！」白修女說。

一直也沒法說話的許靈靈，終於來到她！

本來趙靜香在第五回合想到了方法收拾殘局，可惜，被白修女與吳可戀等人完全改變了形勢，許靈靈還有什麼方法可以反敗爲勝？

「跟上一回合的規則一樣，由妳自己出一個問題，不能說出自己的答案，然後答中的人可以交換分數。」白修女說。

許靈靈沒有說話，她在看著吳可戀。

「靈靈，妳可以發問了。」白修女說。

「我在想……」許靈靈沒有理會白修女，只是跟吳可戀說話：「依妳的規則，我也可以把

Storage Conditions:
Store at 20° to 25°C
(68° to 77°F)
See USP Controlled Room Temperature.

高分數換回來，我不明白爲什麼妳用上這個計劃。」

吳可戀裝出一個不明白的表情。

「是妳覺得我沒法問出一題大多數人會跟隨我的答案？還是妳認爲我看不出妳的『小把戲』？」許靈霾說的是抽籤時全寫上鈴木詩織名字的事：「我不明白，眞的不明白。」

「靈霾……」

白修女正想再叫她開始，黑修女走到她的耳邊說：「女神父說讓她繼續說下去。」

「嗯，明白。」

「妳明知我可以利用妳的『方法』把分數換回來，但妳好像沒想到這一點似的。」許靈霾說：「是妳太小看我？還是有其他的原因？我一直在想著這個問題。」

吳可戀沒有任何的反應，跟許靈霾對望著。

「直至一分鐘之前，終於明白眞正的原因。」許靈霾咬了一下唇：「這是妳的佈局，妳的『局中局』，然後讓妳在未來的日子得到更多的『信任』。我相信，妳跟我一開始時也不會想到遊戲會發展到現在的情況，妳眞的很厲害，一面進行遊戲，一面想到了『改變規則』的方法，不過……」

說到這裡，吳可戀聽到許靈霾的讚賞時，本應高興的她卻沒有一絲喜悅，反而用一個嚴肅的表情看著許靈霾。

「如果……我把妳的『佈局』與『計劃』通通說出來，不知道……會有什麼後果呢？」

許靈霾除了這場碟仙遊戲，原來她一直也在觀察著「其他」的事。

或者，在這次遊戲中，吳可戀會成爲最大的贏家，不過，她卻……「輸了」。

許靈霾終於露出了微笑，邪惡的微笑。

她打敗吳可戀的方法，不是在碟仙遊戲，而是在……現實的遊戲。

「好吧，也說了很多話了，簡單一點，我想要的『掩口費』就是……」許靈霾指著在場的女生：「**八個女生平分最後總和的分數**！」

全場人也感覺到非常驚訝！

爲什麼許靈霾會知道吳可戀會答應她？

很簡單，因爲許靈霾已經狠狠地捉住她的痛腳！如果許靈霾說出她的計劃，吳可戀必定會違反規則，除了沒收分數，還要離開宿舍！

在場的，無論是主辦的宿舍人員，還是吳可戀等人，她們一直在碟仙遊戲中，製造分化、互不信任等等情況，現在，許靈霾一次過把局勢通通挽回來！

「平分最後總和的分數」，代表了她們要再次「合作」！

宿舍的主持人可以阻止她們？不，她們不能，因爲在遊戲完結後，錢都是屬於她們八個女

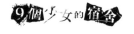

Storage Conditions:
Store at 20° to 25°C
(68° to 77°F)
[See USP Controlled Room Temperature.]

生的，她們想把錢怎樣用就怎樣用。

「我不會說出我的答案，但我的答案顯然而見，請大家把全部的分數押下去。」

許靈霾說完這句後，再沒有說其他事，她直接問碟仙問題。

「碟仙碟仙，我想知道許靈霾的姓氏是什麼？許、陳、李、王，哪一個？」

「碟仙碟仙，許靈霾的姓氏是什麼？

許 OR 陳 OR 李 OR 王

請下注」

《惡人有惡報，但都在惡人享盡榮華富貴後才有報應，這也叫惡報？》

Chapter #5 - Plan #10

計中計10

十秒過去，碟子以最快的速度移向了……

「許」字！

第八回合，是最快完成的一個回合！

許靈霾的說話出現了逆轉的效果，除了是因爲她已經知道吳可戀的「計劃」，還有她那句說話……「八個女生平分最後總和的分數」。

眞正的「合作」。

而且，許靈霾的計劃，還把吳可戀計劃的「答中者交換分數」規則，變得毫無意義。

在第八回合，八個女生也把全部的分數押在那個「顯然而見」的答案之中，全部得到翻倍的分數！

第八回合　出題者：許靈霾

Round	1. 吳可戀	2. 程嬅畫	3. 余月晨	4. 黎奕希	5. 許靈霾	6. 趙靜香	7. 馬鐵玲	8. 蔡天瑜	9. 鈴木詩織
1	20 win	13 win	12 win	12 win	20 win	11 win	11 win	20 win	20 win
2	30 win	16 win	8 lose	10 lose	15 lose	13 win	12 win	14 lose	25 win
3	25 lose	13 lose	16 win	12 win	20 win	15 win	0 lose (20)	10 lose	20 lose
4	50 win	26 win	32 win	10 lose	25 win	10 lose	0 lose	5 lose	40 win
5	100 win	36 win	48 win	18 win	50 win	20 win	N/A	9 win	80 win
6	99 lose	20 lose	52 win	10 lose	51 win	30 win	N/A	5 lose	160 win
7	198 win	40 win	104 win	9 lose	50 lose	28 lose	N/A	3 lose	320 win
7（交換後）	320 win	104 win	198 win	9 lose	50 lose	28 lose	N/A	3 lose	40 win
8	**640 win**	**208 win**	**396 win**	**18 win**	**100 win**	**56 win**	N/A	**6 win**	**80 win**
9							N/A		

許靈霾跟吳可戀一樣，看著上方的攝影機，她……奸笑了。

這次是八個女生合作，去對抗宿舍與投注的外圍買家！

最後兩回合的投注額是最大的，現在，八個女生全部都贏出，即是說，外圍買家沒法投注到誰贏誰輸的賭局之中。許靈霾利用了「八個女生平分最後總和的分數」來讓她們八人合作之外，還把外圍投注……完全擊潰！

而且在最後一回合，如果她們八人都繼續「合作」，繼續把最大的分數翻倍下去，宿舍要交出的津貼將會是……

三百多萬！

「暫停。」白修女臉上出現了嚴肅的表情，第一次暫停了遊戲。

這麼多年來主持「碟仙遊戲」的第一次暫停！

碟仙遊戲已經進行過很多次，只有這次，她們損失超過三百萬！

「妳們可以先縮手，我們需要商討一下。」白修女說：「靈霾，妳的回合已經完結，妳不能再說話。」

許靈霾露出一個無奈的表情。

八個女生離開了中央的桌子，分別坐在地下室的不同角落，她們不能說話，也不能用手機發訊息給對方，多位黑修女都在監視著她們。

Storage Conditions
Store at 20° to 25°C
(68° to 77°F)
See USP Controlled Room Temperature.]

她們只能看著對方，沒有語言的世界，如何去溝通？

除了八個女生，現在宿舍的高層修女也非常混亂，她們要想出對策讓最後一回合變成「公平的賭博」。

大約過了十分鐘，白修女終於回到了地下室。

「謝謝妳們的等待。」白修女再次展露微笑：「我們爲了這次的遊戲可以公平完成，所以決定了由我們來出題，由妳們來選出答案。另外，既然妳們已經有了平分『津貼』的協定，答中者交換分數也會即時取消。」

她不再用「碟仙選的答案」來形容，而是用「妳們」。更可笑的是，她用「公平」這兩個字去說明這次的碟仙遊戲。

「請問也是……四個答案嗎？」已經可以說話的鈴木詩織問。

「對，四個答案，而且妳不能說出妳的答案，甚至暗示都不可以。」白修女微笑：「因爲這次突然修改規則，所以我們也對此作出最後的『補償』，我們會將第九回合贏出的分數，改爲……『三倍』。」

「三……三倍？」鈴木詩織驚訝。

「對，我知道妳們打算平分『津貼』，所以，我說的三倍分數，不是『津貼』而是『補償』。跟『津貼』完全不同，不計入妳們八個回合所累積的分數。」白修女說：「舉個例子，假設靈靈現在有一百分，她全部投注輸掉，就失去一百分；但如果她勝出，除了得到翻倍的二百分，還可以得到三倍的『補償』，而『補償』跟『津貼』是不同的，不需要跟其他人平分。最後如果靈霾勝出，即是會得到『津貼』一百分翻倍之後的二百分，再加上我們『補償』三倍的三百分，一共是……五百分。」

如果輸了，就是輸「平分」的分數，而贏了就是贏「自己」的分數。

在場的女生也露出了奇怪的表情。

本來，「平分」的方法令大家也可以得到均等的分數，不過現在的第九回合卻變成……

「輸就是輸公家的分數，而贏就是贏自己的分數」！

白修女又再再再一次，想打破她們的合作關係！

同時，讓外圍投注可以賭最後的一局。

她們根本不在乎改爲三倍的設定，她們更看重外圍的投注。

「現在，第九回合開始，詩織，請向碟仙發問。」

鈴木詩織吞下了口水，看完了手機，戰戰兢兢地說：「碟仙碟仙，請問高比拜仁在他的職業生涯中得到的總分是多少？」

「碟仙碟仙，高比拜仁在他的職業生涯中得到的總分是多少？

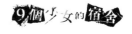

一、33,640 分 OR

Storage Conditions:
Store at 20° to 25°C
(68° to 77°F)
See USP Controlled Room Temperature.)

二、33,641 分 OR

三、33,642 分 OR

四、33,643 分

請下注」

這個問題……

不要說她們八個女生，可能連最資深的 NBA 球迷也不會知道。

她們……要怎樣回答？

合作的關係，再三被徹底破壞？！

《RIP Kobe Bryant, Mamba Forever.》

Chapter #5 - Plan #11

計中計11

八個女生會如何選擇答案？

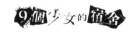

「大家……」鈴木詩織心急地說：「不要投注！就這樣結束吧！這樣我們都可以平分分數！」

鈴木詩織說得動聽，但現在的情況是……

她們八人的總分一共是 1,504 分，現在有八個女生，平均每人是 188 分，即是每人可以分到 $188,000 的津貼。

情況一、分數多的人。如吳可戀她已經有 640 分，平分後會大減 452 分，當然，她不知道總分數是多少，不過，她知道平分後的分數只會是減少，甚至是大減。現在，她有機會把 640 分翻三倍，而且是自己獨個擁有的「補償」……

她會選擇不投注？

情況二、分數少的人。如蔡天瑜她只有 6 分，無論她投不投注，最多都只是不投注而維持 6 分或投注贏了得 12 分。不過，因爲投注而勝出的「補償」是個人擁有，自己就會再多 18 分。

當然，她不知道總分是多少，不過她肯定分數比現在自己擁有的更多，她手上的6分，輸了也無關痛癢，贏了就當是一個Bonus……

她會選擇不投注？

情況三、不論是情況一或二，其實大家也不知道總分與平分後的分數是多少，她們只能估計大約分數，而在「不明朗」的平分分數之下，她們可以用自己手上的分數賺取只屬於自己的分數……

她們會選擇不投注？

就如現實的社會，有誰會介意用別人的錢，去賺自己的錢？

無論是保險、投資等等行業，都是利用別人的錢去賺取更多自己的錢。

誰不想這樣做？

很奇怪，十秒時間沒有在倒數，是白修女要讓在場的八個女生……分析自己的情況！

愈是分析，愈可能得出的答案是……「投注最爲有利」！

一直以來，「金錢」都是讓世界進步的原因，但同時也是破壞世界的元兇！

第九回合的碟仙遊戲，就像一個文明社會的「縮影」，誰不爲自己的利益著想？誰會像鈴木詩織的想法一樣，不去賺取自己的利益？

經過了八個回合，許靈霾用她的方法把「敵人」在內的八個女生團結在一起，就算是有「威迫」的成分，她也成功了。

不過，卻被白修女所設計的計劃再次打敗。

敗給了人類的……「貪婪」。

「大家……不要投注就依照現在的分數平分吧！」鈴木詩織再次提出。

可惜，有些人已經不敢正視她，她們在回避鈴木詩織的眼神。

十秒時間開始倒數。

她們……

還有什麼方法可以打敗這個「貪婪的計劃」？

或者，還有一個「方法」。

一個在人類世界，幾乎不會出現的「方法」。

「**德蘭修女的計劃**」。

跟今貝女子宿舍的修女，完完全全相反的修女。

德蘭修女，一個爲了別人而願意犧牲自己的修女。

餘下七秒。

Storage Conditions: Store at 20° to 25°C (68° to 77°F) [See USP Controlled Room Temperature]

德蘭修女……出現了。

「答案是四，33,643分！大家把分數全押在『四』字！快！」她說。

答案是正確的，不過，其實不正確也沒所謂，只要有較多人押在同一個答案，然後把碟推向那個答案，就是「正確的答案」。

問題是……

她……

說出了自己的答案。

其餘七個女生一起看著她。

「還看什麼？！快下注吧！」她甚至把手機給其他人看：「我已經下注了，妳們快下吧！」

這一刻的畫面，在九個回合以來，對於參加的女生、在場的修女，甚至是外圍的買家，也是……

最震撼的畫面！

在場的女生立即在手機下注！

全押下「四」！

沒錯。

打破貪婪的計劃、貪欲的世界，就只有一個「這個方法」。
只要有一個人願意「犧牲自己」，就可以感染其他人。
就像德蘭修女一樣，無私地給予孤兒與病人的「愛」。
人類的心靈是脆弱的，在絕境之中得到拯救，就是打破「貪婪」的關鍵！
說話的人……
不是可以說話的鈴木詩織，而是……
「對不起！妳已經違規，失去所有分數與取消入住資格！立即離開！」
在白修女說完這句說話的同時……
碟子已經移向了「四」字的位置！
出現的答案是……四！

《無論你是什麼身份，也可以選擇無私的犧牲。》

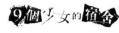

Storage Conditions:
Store at 20° to 25°C
(68° to 77°F)
[See USP Controlled Room Temperature.]

lanation

Chapter #6
Explanation
拆局

Chapter #6 - Explanation #1

拆局 I

五個月前。

「兩名少女懷疑吸食過量毒品，意外從天台墮下，下方正好是大廈棚架……」

她看著新聞報導，手機響起，一個沒有來電顯示的電話。

「守珠？」她已經知道是誰。

「對，我在電話亭打給妳。」

「剛才我看到新聞報導……」

「是宿舍其中兩個女生。」呂守珠說：「最後我拯救了另一個四眼女生留下來，其他的都死去。」

「妳也快離開吧！別要再住下去！」她激動地說。

「身不由己。」呂守珠嘆氣：「還有四個月，我就會眞正變回自由身，到時我可以拿著錢遠走高飛了。」

「但……」

「不說太多了，總之妳幫我好好看著細媽，身體有什麼問題立即帶她去見醫生。」呂守珠說。

「我會的。」

「還有，妳說我去了西藏，四個月後會回來。」呂守珠說：「就說到這裡了，最近她們愈來愈嚴格，我怕有人跟蹤我，我會再打給妳，再見。」

「守珠……」

電話掛線，這是她跟呂守珠最後一次通電話。

……

…

.

四個月後。

這四個月，沒有任何呂守珠的消息。

她再找不到這位最好的朋友，呂守珠。

呂守珠的細媽非常擔心，她只能跟細媽說，守珠在西藏想多留一會，不過很快會回來。

她坐在回家的小巴上，回憶起呂守珠一直告訴她的事，包括了「如何入住宿舍」，還有，有關「遊戲」的事。

「我已經全部遊戲完成了一次，有些遊戲規則一直也沒有改變。」

呂守珠繼續向她解釋，她愈聽愈心寒。

「這不是很危險嗎？」她問。

「放心吧，我不是已經勝出過一次了嗎？」

「但……」

「不說了，我怕被人跟蹤，我會再聯絡妳！」

對話的回憶在她的腦海中不斷出現，而每次都是因爲怕有人跟蹤又或是會被發現而掛線。

「眞的有這麼怕被發現嗎？」她有點生氣。

然後，她走到細媽的房間門前，看著一直也掛念著呂守珠的她，依然每天臥床不起。

「呂守珠妳到底去了哪裡？」

她一直也有問及呂守珠宿舍的位置，但呂守珠沒有跟她說過，她總覺得守珠還是有事情瞞著她。

她回到自己的房間躺在床上，看著天花的白光燈。

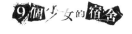

Storage Conditions:
Store at 20° to 25°C
(68° to 77°F)
See USP Controlled Room Temperature.]

「我有什麼方法可以……找到妳呢？」

她拿起了手機，手機擋著燈光，畫面清楚出現了一個網頁。

一個……財務公司的網頁。

「如果……我也入住這宿舍，就可以找到妳嗎？」她在自言自語。

···

··

·

那天。

大生財務公司門前。

「假的入息證明，還有非常等錢用的心情。」她看著手上的資料：「好吧！希望方法奏效！」

她用上了呂守珠曾跟她說的方法，希望可以入住宿舍！

她慢慢地步入了財務公司。

最後……

她成功成爲九個女生的其中一位。

……

…

·

宿舍的地下室內。

幾個黑衣修女已經把她捉住，準備帶她離開地下室。

她回頭看著許靈靈與黎奕希。

「沒事的，我很快會回來！」她微笑說。

許靈靈與黎奕希沒法說話，只能用一個痛苦的眼神看著她被拉走。

只能眼巴巴看著……

趙靜香被拉走！

說出答案是「四」的人，就是**趙**、**靜**、**香**！

《你不會知道別人全部過去，同時，你也不會把全部過去告訴別人。》

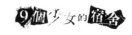

Storage Conditions:
Store at 20° to 25°C
(68° to 77°F)
See USP Controlled Room Temperature.

Chapter #6 - Explanation #1

拆局 1

Pharmaceutical
00 — XX
Fentanyl Transdermal

IVD

Chapter #6 - Explanation #2

拆局2

第九回合結束，最後的結果是……

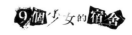

八個女生全都押在「四」字之上，全部得到了分數翻倍！

第九回合　出題者：鈴木詩織

Round	1. 吳可戀	2. 程嬅畫	3. 余月晨
1	20 win	13 win	12 win
2	30 win	16 win	8 lose
3	25 lose	13 lose	16 win
4	50 win	26 win	32 win
5	100 win	36 win	48 win
6	99 lose	20 lose	52 win
7	198 win	40 win	104 win
7（交換後）	320 win	104 win	198 win
8	640 win	208 win	396 win
9	**1280 win**	**416 win**	**792 win**

Storage Conditions:
Store at 20° to 25°C
(68° to 77°F)
See USP Controlled Room Temperature.

4. 黎奕希	5. 許靈霾	6. 趙靜香	7. 馬鐵玲	8. 蔡天瑜	9. 鈴木詩織
12 win	20 win	11 win	11 win	20 win	20 win
10 lose	15 lose	13 win	12 win	14 lose	25 win
12 win	20 win	15 win	0 lose (20)	10 lose	20 lose
10 lose	25 win	10 lose	0 lose	5 lose	40 win
18 win	50 win	20 win	N/A	9 win	80 win
10 lose	51 win	30 win	N/A	5 lose	160 win
9 lose	50 lose	28 lose	N/A	3 lose	320 win
9 lose	50 lose	28 lose	N/A	3 lose	40 win
18 win	100 win	56 win	N/A	6 win	80 win
36 win	200 win	N/A	N/A	12 win	160 win

除了趙靜香退出、所有分數歸零之外，其他七個女生的分數總和是……

2,896 分！

總共得到了 $2,896,000！

如果是七個人平分，每人可得到 $413,714！

這不是她們最後得到的數目，因爲第九回合有「補償」，分數乘三倍，最後，「津貼」加「補償」得出各人可得到的金額是：

吳可戀　$2,333,714

程嬅畫　$1,037,714

余月晨　$1,601,714

黎奕希　$467,714

許靈霾　$713,714

蔡天瑜　$431,714

鈴木詩織　$653,714

她們七個人，一共得到了$7,239,998！

這麼多年來，宿舍也從沒在第二個遊戲已經要付出超過七百萬的巨款，這回合的遊戲，住在宿舍的女生，大勝了一場！

「現在……妳們可以說話了。」白修女臉如死灰。

「妳們帶靜香去了哪裡？」許靈霾立即問。

「還有鐵玲呢？」黎奕希也問。

「沒什麼，就是讓她們辦理退宿的手續。」白修女說：「這方面妳們不用擔心。」

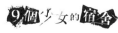

Storage Conditions:
Store at 20° to 25°C
(68° to 77°F)
See USP Controlled Room Temperature.

「錢呢？我們何時會收到錢？」余月晨問。

「核數之後，會在這幾天把妳們的『津貼』與『補償』全部過戶給妳們。」白修女說：「現在我宣佈，第二場遊戲『碟仙遊戲』正式結束，妳們可以回到自己的房間。」

在場的女生面上，出現了愉快的表情。

話一說完，白修女轉頭就走，她知道這次「碟仙遊戲」失敗後，她會面對怎樣的「懲罰」。

「等等！我要見靜香！」許靈霾大叫。

此時，紅修女擋在她的面前：「幹！很快妳就可以見到她，妳急什麼？妳們先計算好得到的錢吧，理會其他人有什麼用？媽的！」

許靈霾沒有追問下去，她們只能看著修女們慢慢地離開了地下室。

現在，地下室只餘下她們……七個女生。

這場遊戲，她們一共得到了七百多萬的巨額，卻犧牲了兩個女生，這……叫成功嗎？

「一次過多了這麼多錢，我們去慶祝一下吧！」程嬅畫跟吳可戀說。

她沒有回答程嬅畫，只是看著許靈霾。

「回到房間一小時後，把手機放下，然後到宿舍的花園去。」吳可戀一點愉快的笑容也沒有。

「妳想怎樣？」許靈霾問。

「我想知道『原因』。」吳可戀說：「被妳『看出來』的原因。」

本來，吳可戀在第七回合已經掌握了一切，卻被許靈霾破壞了她整個計劃，雖然最後贏得最多錢的人是吳可戀，不過，她一點都不快樂。

甚至是……憤怒。

吳可戀走向許靈霾的耳邊說：「其實，在第八回合，如果妳不走出來破壞，妳就不會連累了妳的朋友趙靜香了。」

眞的是這樣嗎？

此時，許靈霾看著一個女生。

看著那個……

「**計中計**」。

《一條生命値多少錢？說吧，你的生命値多少？》

Storage Conditions:
Store at 20° to 25°C
(68° to 77°F)
(See USP Controlled Room Temperature.)

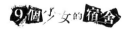

Chapter #6 - Explanation #3

拆局3

黎奕希的房間內，許靈霾陪伴著她。

「幹！不知道靜香現在怎樣了！」

雖然黎奕希得到了四十多萬，不過她還在擔心趙靜香。

「應該沒事的。」許靈霾說：「我的錢會分一半給她。」

「不，我跟妳的錢都是因爲她才可以贏回來，我們的錢應該加起來分給她！」黎奕希豪氣地說：「這樣才叫好姊妹！」

經歷了這晚的遊戲，他們的友情變得更加堅固。

「對，靈霾，妳究竟捉到了那個吳可戀什麼痛腳？讓她聽妳的說話？」黎奕希問。

許靈霾沒有說話，感覺就像變回了冰冷的美人。

她從玻璃窗看著窗外的花園：「沒什麼，就是……『出千』的方法。」

……

……

一小時後，宿舍的花園。

花園很暗，古典的路燈發出了黃光，映照著木長椅。

吳可戀已經一早到來，許靈靂坐到她的身邊。

她們一起看著前方漆黑一片的花園。

「沒帶電話吧？」吳可戀問。

「沒。」

「其實……我們算是敵人嗎？」

吳可戀突然就進入了正題，許靈靂看著她。

「妳不用答我這個問題了。」吳可戀微笑：「可以跟我說，爲什麼會知道『我們』的秘密？」

「觀察。」許靈靂說。

「觀察？」

「第一回合、第三回合，還有第七回合。」許靈靂想了一想：「不，還有第四回合。」

吳可戀回憶著這幾個回合。

「第一回合，我們九個女生都答對了答案，不過除了出題的蔡天瑜，只有另外三個人會把十分全押下去，當中包括妳、我，還有『她』，只有四個人。」許靈霾開始解釋。

「等等……」吳可戀突然想到：「妳怎知道大家投注的分數？」

「妳……真的不知道？」許靈霾反問。

「我怎會知道？」

許靈霾拿出了一台相機，拍攝了手機的畫面，畫面是她剛才在手機截下螢光幕的圖：「在那個APP的設定內，有一個地方可以看到每一回合完結後的分數，這樣就可以計算出大家投注的分數。」

「什麼？」

「我想起了她們說的十八頁『入宿同意書』。」許靈霾說：「十八頁同意書，我相信我們沒有一個人真的去看。不過，這代表了，她們會詳細地說明入宿的規則，就如銀行的文件一樣，絕對不會敷衍了事。我當時看著那個APP，就在想，她們會不會同樣寫上詳細分數之類，不會敷衍地進行遊戲呢？結果，我在APP的設定內真的找到了。」

吳可戀沒想到會有這樣的功能，她只是專注於遊戲，卻沒有留意到遊戲的APP。

她更沒想到許靈霾的觀察力竟然會在她之上。

「妳可以看到分數，更知道大家下注的分數，那又怎樣？」吳可戀問。

「那又怎樣？」許靈霾反問，然後說：「除了發問的人，只有『有膽量』與完全了解整個遊戲的人才會把分數全押下去。大致上，人類都會採取保守與觀望的做法，不會全押。妳把分數全押下去的想法我大概明白，因爲妳一開始已經了解遊戲，但『她』我就覺得很奇怪，加上『她』一直以來的性格，應該會偏向保守。」

「所以妳開始懷疑？」

「對。」許靈霾說：「而且，『她』已經在第一回合洞悉了整個遊戲的『原理』，比妳跟我更早洞悉到。」

吳可戀在思考她的說話。

「妳想想，在測試回合，因爲白修女也一起玩，碟子被她推動。然後，來到了第一回合，白修女已經沒有跟我們一起玩，碟子卻依然移動，這代表了有一個人已經知道遊戲的『原理』，把碟子推向答案，這個人，當然會把分數全押下，我想，那個人就是『她』。」

「這一點我沒有想到……」吳可戀沒有說出口，只是在心裡說。

「讓我更懷疑的，是第三回合，把馬鐵玲推向失敗的回合。」許靈霾說。

吳可戀繼續聽著她解釋。

「那個回合，有五個人輸掉、四個人勝出。初時，碟子停留沒有移動，明顯在一個僵持的狀態。」許靈霾分析著：「當時不是每個女生都已經知道是『人爲』控制碟子，不移動就是因

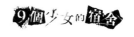

Storage Conditions:
Store at 20° to 25°C
(68° to 77°F)
[See USP Controlled Room Temperature.]

爲九個人之中，推向『墮』字與『斬』字的人數一樣，所以碟子沒法移動。」

「的確是這樣，然後呢？」吳可戀好像扮作現在才知道。

「在說『然後』之前，我想說第二回合，當時碟子明明向著『藍』字的方向移動，卻在最後轉向『紅』字，改變方向的人，應該就是妳，我說得對？因爲妳想知道眞的有碟仙，還是只是人爲，所以妳先推向『藍』字，然後又轉回『紅』字。」

「妳說得沒錯，是我做了手腳。」吳可戀說。

「這就是問題所在，雖然我不是認識妳很久，不過，我覺得妳不會用『兩個回合』去測試，第二回合妳已經知道是『人爲』，妳不會用『第三回合』去多測試一次。」許靈靈說：「妳記得嗎？當時馬鐵玲大聲地叫著『快去那個墮字』？」

「沒錯，所以……」

「『她』要讓馬鐵玲輸掉這一回合，所以『她』明明就是跟馬鐵玲一樣投注在『斬』字，卻反而放棄加力，讓推碟子的力量不再平衡，最後，推向了『斬』字。」許靈靈說：「在第三回合，有五個人輸掉，其中一個人，一定就是這個『想馬鐵玲輸掉』的人。而跟第一回合作對比，就只有『三個人』在第一回合押下全部分數，同時在第三回合卻輸掉。一個是蔡天瑜、一個是妳，還有『她』！」

《誰不是以貌取人？也沒什麼，只是你們都總是被樣貌欺騙了。》

「蔡天瑜可以排除在外，因爲她跟馬鐵玲比較熟，而且在第一回合也可能她是發問者，所以會全押分數，第二個就是妳，妳在第二回合已經作出了『測試』，不會再用多一回合去測試是『人爲』還是『有鬼』，所以，最大機會想馬鐵玲輪掉的人，就只有……『她』。」

許靈霾說完，吳可戀看著她，她沒想到，在當時的情況之下，許靈霾還可以這麼冷靜分析。

冷風吹向她們二人，出現了一陣的寒意。

「不過，我還沒辦法完全肯定『她』跟妳一直在合作。直至到第四回合，有五個贏家，我就有 80% 肯定，就是『她』。」許靈霾說。

「怎說？」

「當時余月晨在說謊，引導鐵玲輪掉，五個人中，還包括了妳與妳們最熟的程嬅畫，還有……我。」許靈霾說：「因爲我已經比較肯定妳們想鐵玲輪掉，所以我也決定加入妳們，不過，加上我，都只是四個人，所以在第四回合勝出的第五個人，就是『她』，我在想，應該也是跟妳們『合作』。」

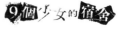

Storage Conditions
Store at 20° to 25°C
(68° to 77°F)
See USP Controlled Room Temperature

「這回合，我們不是100%會贏，只要妳當時跟我們推向相反方向，就會變成五對四，我們會輸。」吳可戀說。

「對，不過我也跟妳們一樣是下注了『女』，我沒理由會『自願輸掉』，而且，我當時不知道馬鐵玲會把全部的分數押下，如果我當時是知道，才有可能會選擇『自願輸掉』。」

「妳眞的分析得很詳細呢。」吳可戀說：「看來，不只是80%，妳已經猜到了。」

「不，不是100%肯定，不算是猜到呢。就在第七回合，終於讓我非常非常肯定，妳們的……『合作關係』。」

「是因爲『她』知道我拍攝垃圾桶的位置？」吳可戀問。

「這只是其中一個原因。」許靈霾說。

「因爲我……不怕下一回合的妳會用上跟我一樣的方法，對？」吳可戀說。

「沒錯，這太奇怪了。」許靈霾說：「妳當時想到了一個必勝的『交換分數』方法，我在想，妳明明知道我還沒有發問，我可以在第八回合用跟妳一樣的方法，把分數交換回來，妳怎可能不知道呢？如果是這樣，妳的『交換分數』方法就會變成了我的方法，完全失敗了。」

「所以妳想到了『她』，不，妳肯定是『她』。」吳可戀說。

許靈霾點頭：「妳不怕我會利用妳的方法把分數交換回來，就只有一個原因。就是……『**妳還可以把分數再次換回來**』，而且妳知道那個『她』會在最後一回合才問碟仙問題。」

吳可戀當時已經發問了，她又怎樣可以再次換回分數？

不，不是吳可戀換回分數，而是『她』，一早已經合作的『她』。

「我又怎知道妳是第八回合？而『她』是最後一回合才問碟仙問題？」吳可戀問。

「不是妳知道，而是『她』知道然後用方法傳達給妳。」許靈霾說：「因爲在APP的『設定』內，除了即時的分數表，還有……每個人的發問次序！除了我，那個『她』也知道『設定』可以看到這些資料。」

吳可戀沒有說話，或者，是許靈霾說中了，是『她』提供了情報。

「因爲當我在第八回合換掉妳的分數後，『她』可以在第九回合……再次換回來！」許靈霾認眞地說：「更正確的說，合作的『妳們』可以再次換回來！妳們之間是誰贏的分數也沒關係，因爲最後都是屬於妳們兩個人，是平分也好，是怎樣也好，妳最後都會得到最多的分數，妳根本不怕我會利用妳的方法。」

冷風再次刮起，吹起她們兩個人的長髮，錯綜複雜地在半空中交疊，然後又各自分開。

「在第七回合結束時，我已經可以非常非常肯定，妳們是『一直在合作』。」

「所以妳當時才會舉手，想告訴修女？」吳可戀問。

許靈霾點頭，她站了起來，然後回頭看著她。

「妳跟扮成乖乖女的鈴木詩織，一直在合作！」

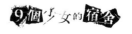

Storage Conditions
Store at 20° to 25°C
(68° to 77°F)
See USP Controlled Room Temperature.

許靈霾終於，說出了答案。

那個在第一回合已經把分數全押下的人，就是鈴木詩織！

那個在第三回合讓馬鐵玲輸掉的人，就是鈴木詩織！

一直控制著吳可戀的人，就是只有十七歲的鈴木詩織！

「不只這樣。」許靈霾說：「在抽籤交換分數的先後時，妳做到好像在陷害鈴木詩織一樣，就是要讓宿舍的人，不把妳們看成犯規的『合作關係』。我不知道妳們是如何在沒法對話的情況之下，可以互相交流訊息，但……」

「眼睛。」吳可戀說。

許靈霾的說話停了下來。

「眨眼的次數、速度、時間長短，已經可以交流很多有用的訊息。」吳可戀說。

「原來如此。」

當時，如果許靈霾把她們犯規的合作關係當場揭發，或者，舍監們當場也不會立即相信，不過，閉路電視一直也在拍攝著，而且非常大機會有錄影，她們就可以從錄下來的影片中，找到吳可戀與鈴木詩織一直也在……「出千」！

遊戲沒有說明不能「出千」，不過，如果被發現「出千」，非常喜歡跟規矩的宿舍修女，絕對會把她們視爲「犯規」，相信她們將會被取消所有的分數，還有住宿的資格！

就因爲吳可戀想到這個問題，所以她只能接受許靈霾的「平分分數」計劃。

當然，鈴木詩織還是要扮演著乖乖女的角色，在未來的遊戲中非常有用。

一切，已經眞相大白，整個「碟仙遊戲」，都在互相欺騙之中完成。

她們可以勝出整個遊戲，也許多少都有一點幸運。

當然，還有她們的才智。

此時……

吳可戀突然用力捉住許靈霾的手臂，許靈霾也呆了一呆。

「靈霾……」吳可戀雙眼泛起了淚光：「我也是迫不得已才合作！請妳……救救我！救救我！」

她……是在演戲？

還是眞心的？

許靈霾在這一刻，完全讀不出吳可戀在想什麼。

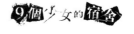

究竟，發生了什麼事？

……

Storage Conditions:
Store at 20° to 25°C
(68° to 77°F)
[See USP Controlled Room Temperature.]

……

九號房間內。

「她」看著玻璃窗外。

鈴木詩織看著玻璃窗外的花園。

在她的臉上，出現了一個從來也沒在別人面前展露過的奸險笑容。

比其他女生更奸險的笑容。

《就算你生存到老，某些人的心計你也沒法估計得到。》

拆局5

「呀！！！呀！」

地下室另一間房間，傳來了痛苦的慘叫聲！

是白修女的叫聲。

血水在桌上不斷流下，落在地上……

落在地下的兩根手指之上。

「只是切下兩根手指就叫得這麼淒厲嗎？」綠修女說：「對於管理遊戲不善的妳，這只是最低級的懲罰。」

「對不起，女神父！是我的錯，不會再有下次！不會！」白修女的白色修女服已經染滿鮮血。

「別要說對不起，其實，得出現在的遊戲結果，我們反而大賺了一筆！嘿！」女神父坐在沙發上，吐出了煙圈：「只是有些買家不滿，妳的兩根手指，只是用來跟他們交代而已。」

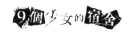

「知道的！知道的！下一場遊戲我會做好！做得更好！」白修女淚流披面。

「希望在場的修女明白，我也無可奈何才會這樣做。」女神父說完後站了起來：「下一場遊戲由綠修女主理，紅修女，你繼續做她的副手。」

「知……知道！」紅修女非常緊張，害怕自己也會被懲罰。

「這些血不夠看頭。」女神父問：「那兩個女生，你已經準備好了嗎？」

「已經準備好！請到天台的房間！」紅修女說。

「很好。」

女神父的表情充滿了期待，她是世界上最「冷血」的……女人。

熱愛鮮血的冷血女神父。

……

……

…

天台。

她們都會稱呼這個簡陋的房間做……

「行刑房」。

還在昏迷的馬鐵玲與剛被帶來的趙靜香，被綁在木椅背上。

「守珠……」

趙靜香想起了呂守珠曾告訴她的說話。

「有些遊戲規則一直也沒有改變。」呂守珠說。

「是什麼？」趙靜香問。

「比如，如果一個遊戲多於一個輪家，就會有另一場『附加遊戲』。」

「然後呢？」

「還有機會可以住下來！」呂守珠說：「我曾經也爲了一個宿舍的朋友，墮入了『附加遊戲』之中，慶幸最後勝出，繼續住下來。」

趙靜香想起了呂守珠的說話。

「守珠，我知道如果妳是我，也會跟我這樣做。」趙靜香自言自語：「而且妳也想我這樣做。」

趙靜香知道，就算最後她被取消資格，還未是最後的結局，所以她決定了犧牲自己，幫助許靈霾與黎奕希，甚至幫助了其他女生。

「傻妹……我有一點後悔了，嘻。」趙靜香不禁苦笑。

Storage Conditions
Store at 20° to 25°C
(68° to 77°F)
See USP Controlled Room Temperature

她不知道這個決定是不是正確，不過，住了一個多月的趙靜香，她的直覺總是覺得，許靈霾與黎奕希這兩個新認識的女生，將會是她人生中最重要的朋友。

一直以來，其實趙靜香也是憑著良心做人，她未必是一個很好的朋友，但她的內心是善良的。

在這個人類建造的文明之中，有幾多善良的人，因爲社會的迫害，把善良的心也埋沒了？

多不勝數。

不過，絕對不是趙靜香。

此時，行刑房的大門打開，紅修女與幾個黑修女走了進來。

「還在睡？快把她弄醒，幹！」紅修女說。

黑修女用一盤水淋向馬鐵玲，她立刻驚醒！

「發……發生什麼事？」馬鐵玲看看四周，自己還被綁在椅上：「放開我！放……放開我！」

「女神父總是給妳們機會呢，妳們應該要好好感激她。」紅修女看著趙靜香：「現在，妳們兩個人，可以參加『附加遊戲』，勝出的人可以留下來！」

同一時間，行刑房的一面牆壁緩緩打開，在暗牆上放滿了不同的工具，連同桌上的工具，加起來甚至可以用來裝修屋子！

當然，工具不是用來「裝修」這麼簡單。

「馬鐵玲，別忘記妳跟我們借分數時同意的『事情』。」紅修女奸笑。

「不……不要！！！不要！！！」馬鐵玲瘋狂掙扎。

「不過，妳真幸運呢，多了一個違規的人出現。」她看著趙靜香：「我們就來玩一場……『顏色配對遊戲』！」

紅修女坐到她們中間，然後拿出了一副撲克牌。

「現在……『附加遊戲』開始！Welcome To Our Game！」

《又有誰不想做善良的人，只是在社會很難求生。》

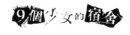

Storage Conditions:
Store at 20° to 25°C
(68° to 77°F)
See USP Controlled Room Temperature

《九個少女 ——

—— 的宿舍》

第一 —— 部

結束 —— 待續

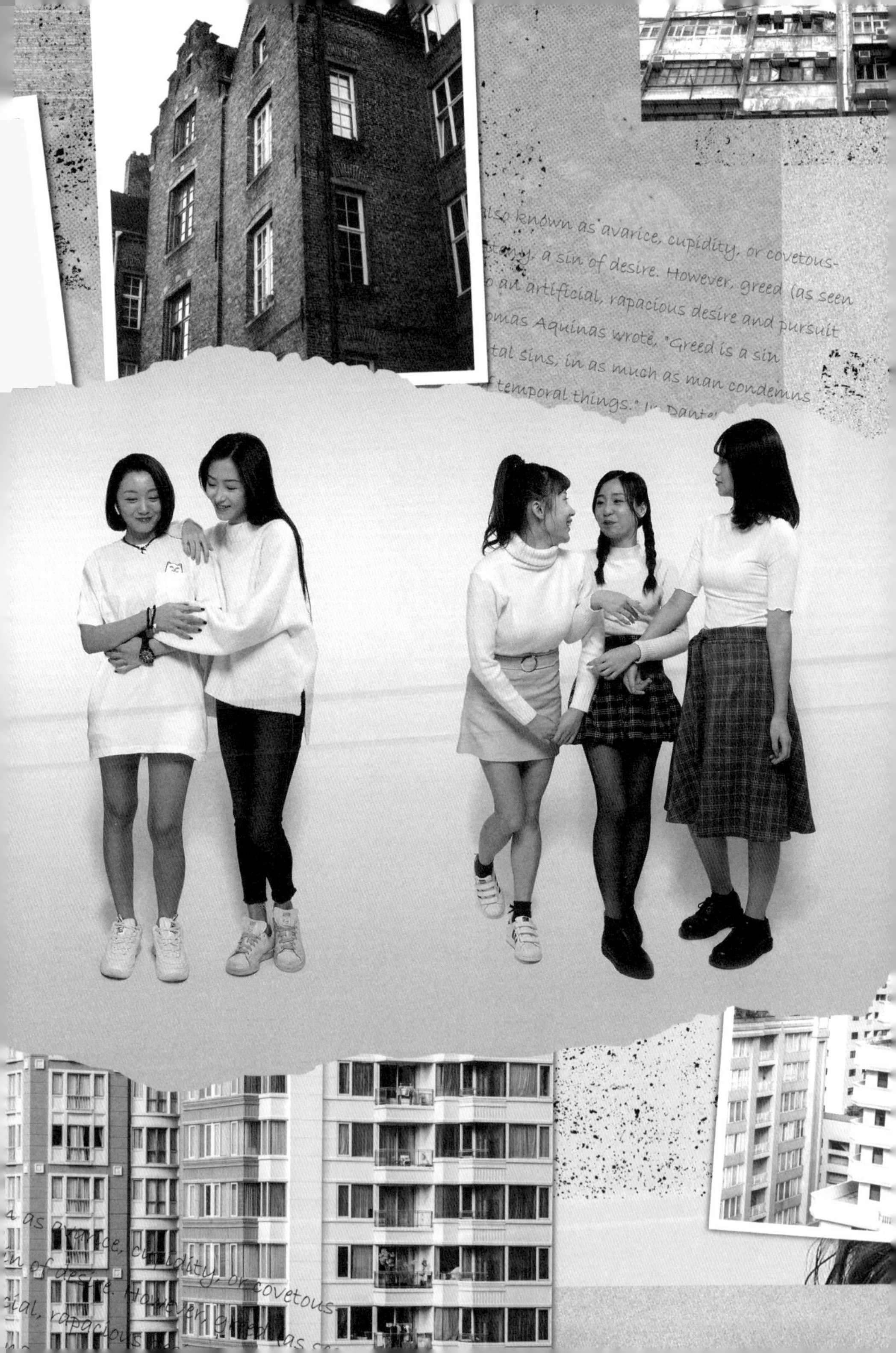
also known as avarice, cupidity, or covetous-
a sin of desire. However, greed (as seen
an artificial, rapacious desire and pursuit
Aquinas wrote, "Greed is a sin
sins, in as much as man condemns
temporal things."
as avarice, cupidity, or covetous
of desire. However, greed
rapacious

9個少女的宿舍
Greed
(Latin: avaritia), also kn
is, like lust and gluttony
the Church) is applied to an
material possessions. Thom
against God, just as all mort
things eternal for the sake o
the penitents are bound and
concentrated excessively on

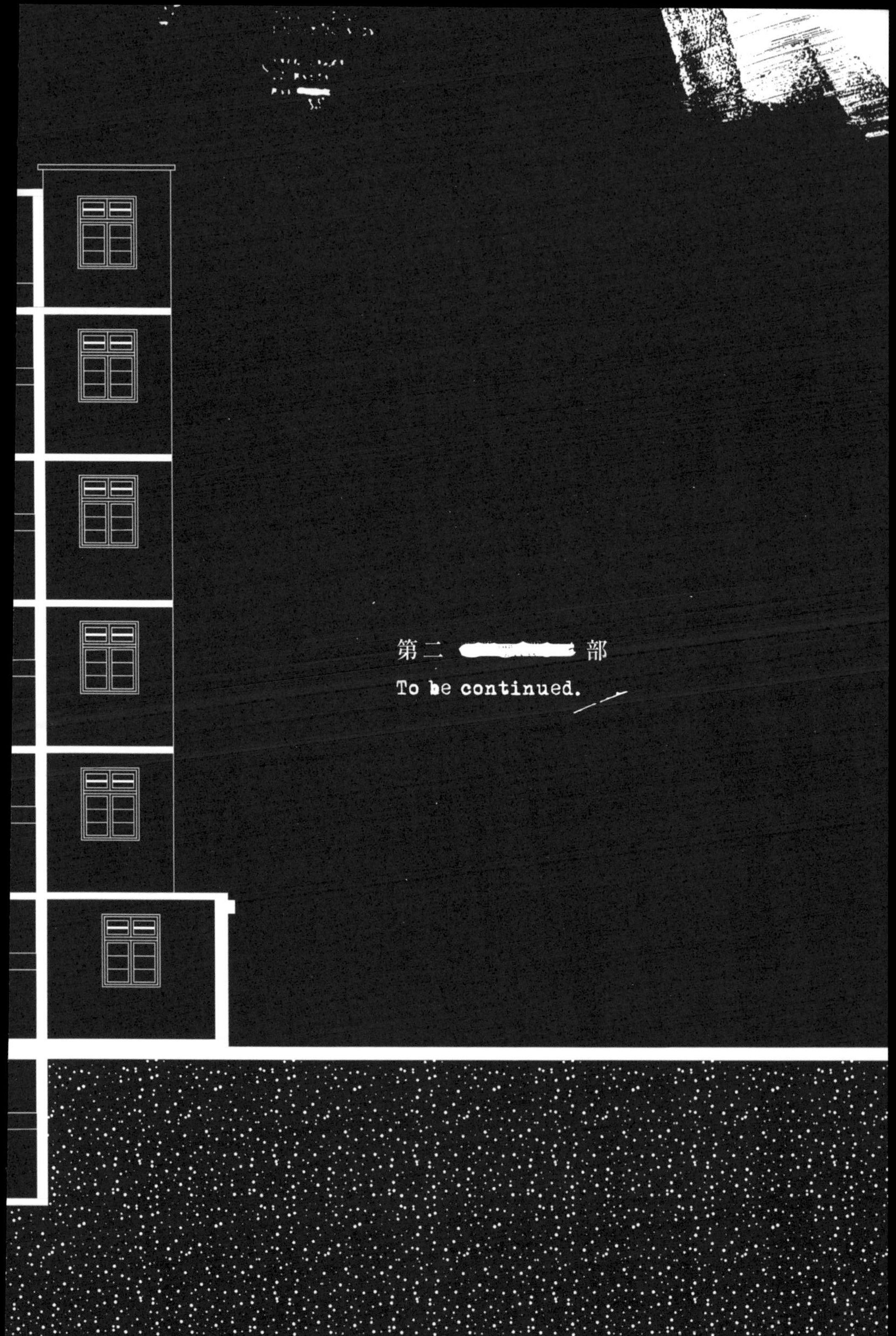
第二[redacted]部
To be continued.

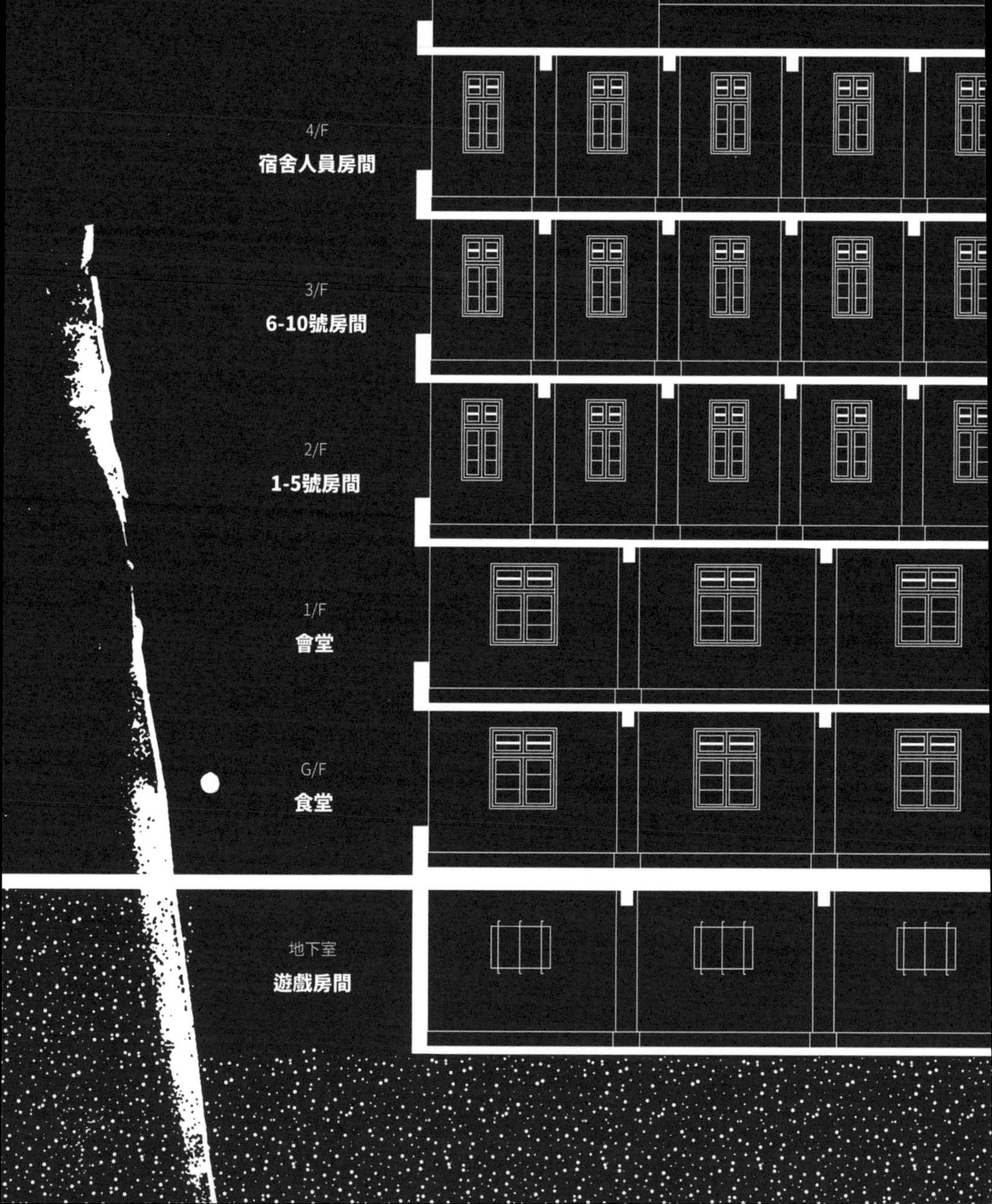
4/F
宿舍人員房間
3/F
6-10號房間
2/F
1-5號房間
1/F
會堂
G/F
食堂
地下室
遊戲房間

孤泣特別鳴謝

孤泣小說團隊

由出版第一本書開始，只得我一人。直至現在，已經擁有一個孤泣小說的小小團隊。謝謝一直幫忙的朋友。從來，世界上衡量的單位也會用金錢來掛勾，但在這個「孤泣小說團隊」中，讓我發現，別人爲自己無條件的付出。而當中推動的力量就只有四個大字——「我支持你！」很感動！在此，就讓我來介紹一直默默地在我背後支持的團隊成員。

App 製作部

Jason

傳說中的 Jason 是以戇直、純真、傻勁加上一點點的熱血配製而成。爲了達成一個小小的夢想，忍痛放棄一份外人以爲穩定的工作，毅然投身自由創作人的行列。希望可以創作屬於自己的 iOS App、繪本、魔術書、氣球玩藝書、攝影手冊、攝影集、IT 工具書等。歡迎大家來 www.jasonworkshop.com 參觀哦！

編校部

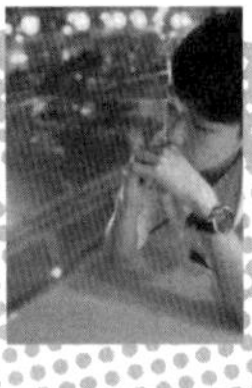

RONALD

學藝未精小伙子，竟卻有幸擔任孤泣小說的校對工作。可說是人生一大幸運的事。

編校部

曦雪

曦雪，愛幻想、愛看書、愛笑愛叫的怪小孩，平時所有愛做的都不會做。嘉歡寫作卻不會寫，說是因爲懂寫不懂作。

Winnifred，現實中的化妝師，見證多少有情人終成眷屬。喜歡美麗的事物，自成一格的審美態度：「美，可以是看不到、觸不到，卻能感受得到。」機緣巧合，成爲孤泣的文字化妝師。

多媒體與平面設計部

阿鋒

平面設計師，孤泣愛好者。由讀者搖身一變成爲團隊成員之一，期望以自己的能力助孤泣一臂之力。

RICKY LEUNG

兜了一圈，原地做夢！感激孤泣賞識同時多謝工作室團隊，這團火燒到了我。創作人，路是難行但並不孤單。

阿祖

喜歡電影、漫畫、小說、創作，希望替孤泣塑造一個更立體的世界。

插畫部

13

不善於用文字去表達心情，但喜歡以圖畫畫出一片天空，這片天空是無限大，同時存在了無限個可能。多謝孤泣給我機會發揮我自己，而孤泣的小說，是我的優質食糧。

法律顧問

X律師

當孤泣問我如何殺人不坐監、未來人受不受法律約束時，我決定成爲他的顧問，律師費請匯入我戶口，哈哈。

宣傳部

孤
迷會
LWOAVIE.COM

孤迷會

孤迷會 (Official)FB：
https://www.facebook.com/lwoavieclub
IG: LWOAVIECLUB

孤泣作品
LWOAVIE RAE COLLECTION
09

9個少女的宿舍

Gyle 1

孤出版
lwoaviel
lwoavie
www.lwoavie.com

版權所有 翻印必究
© All Rights Reserved.

作者
孤泣

校對編輯
首裔

攝影
Reeve Lee Chun Kit

美術設計
joe@purebookdesign

出版
孤出版
新界灰窰角街 6 號 DAN6 20 樓 A 室

發行
一代匯集
九龍旺角塘尾道 64 號龍駒企業大廈
10 樓 B & D 室

承印
美雅印刷製本有限公司
九龍觀塘榮業街 6 號海濱工業大廈 4 樓 A 室

出版日期 / 2020 年 7 月
ISBN 978-988-79939-4-0
定價 / 港幣 $98